하이타니 겐지로의

생각들

하이타니 겐지로의

하이타니
겐지로의
생각들

하이타니 겐지로 씀
햇살과나무꾼 옮김

양철북

모든 분노는 물과 같이
__어느 소녀의 목소리

충격을 받았던 이야기를 하나 할까 한다.

소녀의 글은 자신의 고민을 써내려간 것이었지만 그 내용은 단지 개인의 체험에 머물지 않고 '학교'라는 곳에 대해 근본부터 되묻고 있었다.
팽장한 설득력을 지닌 글이었다.

니가타 현 료쓰 시 우메사와 하루카
지난 삼 년 동안, 저는 중학생 신분이었지만 실제로는 그렇지 않았다고 생각합니다. 중학교는 한 달도 채 다니지 않았기 때문입니다. 초등학교 때부터 가끔 결석을 했지만, 중학교는 한 달밖에 안 다녔다고 해도 될 정도로 학교에 가지 않았습니다.

이 삼 년은 저에게 굉장히 소중한 시간이었다고 생각합니다.

시작부터 심장이 덜컥 내려앉는 느낌이었다. 등교 거부를 온전히 긍정하는 듯, 학교에 가지 않았던 시간이 소중했다고 딱 잘라 말하는 소녀는 이 글에서 대체 무엇을 말하려는 것일까.

글을 읽으며 가슴이 두근거리는 것은 오랜만이었다.

중학교에 올라간 뒤부터 갑자기 시간이 없어졌습니다.

익숙해지면 괜찮아질 수도 있었겠지만 저는 익숙해지지 못할 것 같았습니다.

학교는 나름대로 재미있었습니다. 공부가 아니라 수업 시간에 선생님 몰래 친구랑 이야기를 하거나 쪽지를 주고받는 것이 재미있었습니다.

그것은 무척 즐거웠지만, 아무튼 시간이 없었던 것 같습니다. 학교 일과가 워낙 빡빡해서 저녁이 되어야 집에

갈 수 있습니다. 그러다보니 저는 너무 지쳐버렸습니다.

하지만 숙제를 해야 했습니다. 저는 학원에 다니지 않았지만, 학원에 다니는 아이들은 과연 자유시간이 있을까 싶었습니다.

말하자면, 생각할 시간이 없었습니다. 공부 외에, 공부보다 더 중요한 것을 스스로 이해할 수 있을 때까지 깊이 생각할 시간이 없었습니다.

따라서 뭔가에 의문을 가질 시간도 없었습니다. 그래서 저는 학교를 쉬는 동안에는 항상 뭔가를 생각하고 있었습니다.

글을 읽을수록 나는 괴로워졌다. 학교가 이제 더 이상 생각하는 장소가 아니라는 사실은 지금껏 많은 사람이 지적해왔다.

나도 학력평가제도를 언급하며, 가르치는 사람이 미리 준비해온 지식을 암기시키는 것만으로는 인간의 진정한 가치나 존귀함을 알 수 없다고 말해왔다.

그것을 소녀의 입을 통해 이렇게까지 직접적으로 들으니, '학교'를 이렇게 또는 이와 비슷하게 생각하는 아이들이 얼마나 많을까 하는 생각에 고통에 찬 신음소리가 터져

나올 것만 같은 기분이 들었다.

소녀의 글에는 중요한 의미가 있다.

＿공부 말고도 훨씬 더 중요한 것을

＿스스로 이해할 수 있을 때까지 깊이 생각할 시간

＿뭔가에 의문을 가질 시간

교육의 가장 작은 단위는 수업이고, 소녀가 말하는 '공부'는 대부분 수업을 뜻하는데, 소녀에게 '수업'은 절망적일 만큼 가치 없는 것으로 추락해 있었다.

교사들에게 묻고 싶다. 뭔가에 의문을 갖고 그것을 깊이 이해할 수 있을 때까지 생각하는 것이 '수업' 아닌가?

이 소녀는 '공부'와 '중요한 것'을 명확히 구분하고 있다.

소녀에게 '중요한 일'의 반대편에 있는 것이 '공부'이다.

왜 공부가, 그러니까 수업이 이렇게까지 추락했을까.

학교에서 말하는 학력의 칠십오 퍼센트는 암기력에 지나지 않는다고 분석한 연구가 있는데—나도 《모래밭 아이들》을 쓸 때 시중에 판매되는 평가지를 사 모아 내용을 검토해보니 거의 비슷한 결과가 나왔다—그렇다면 교사가 하는 일의 칠십오 퍼센트는 아이들에게 뭔가를 암기시키는 일인 셈이다.

속 편한 직업이 됐구나, 라는 유행가 가사가 있는데, 교사는 말 그대로 하나의 '직업'으로 추락한 것이다. 또 그만큼 '암기'라는 모래로 뒤덮인 뜨거운 사막을 걸어야 하는 것은 아이들이다.

인간에게는 상상력도 있고 창조력도 있으며, 감수성이라는, 지극히 중요한 능력도 신에게서 받았다. 셋 다 인간의 무한한 가능성과 깊은 연관이 있다. 그러나 이것들은 판별하기 어렵다는 이유로 교육의 장에서 제외된다.

학교가 얼마나 비인간적인 곳으로 추락하고 있는지, 소녀의 글이 고발한다.

중학교는, 수업을 쫓아가지 못하는 아이는 구제불능이라는 식으로 지진아 딱지를 붙여 공부를 못하면 살아갈 수 없다는 생각을, 의도적이지는 않다 해도 저도 모르는 사이에 심어주는 것 같습니다. 물론 학교에 따라 다를 것이고 모든 학교가 그렇다고는 생각하지 않습니다. 하지만 그런 부분이 많다고 생각합니다.

독자들도 눈치챘겠지만 소녀는 공정한 판단을 내릴 줄 알고, 그 태도가 절도 있고 단호하다. 감탄스러울 따름이다.

딱지를 붙임으로써 의도적이지는 않다 해도 저도 모르게

그런 생각을 심어버린다는 지적은, 절도 있는 태도 덕분에 한층 더 문제의 핵심을 찌른다고 할 수 있다. 의도를 가진 것에는 저항하기 쉽지만, 저도 모르는 사이에 다가오는 것은 가장 상대하기 까다롭고 힘에 부치는 법이다.

그런 식으로 상처받은 사람은 때때로 다시 일어나지 못할 정도로 타격을 입는다. 교사가 이를 짐작하지 못한다는 사실이 더 비극이다. 아마도 소녀는 감수성과 상상력이 특히 뛰어났을 것이다. 그러나 학교에 다니지 않았기에 그것들을 고스란히 간직할 수 있었다면 얼마나 아이러니한 일인가.

학교……라든가, 우리보다 세상을 오래 산 어른들에게 배우고 싶은 것은 수학이나 영어만이 아닙니다. 인간으로서 가장 중요한 것이 무엇인지 배우고 싶습니다.

우리는 아직 어리니까 앞으로 많은 벽에 부딪힐 것이고, 어쩌면 산산조각이 나버릴지도 모릅니다.

그때 다시 출발점으로 돌아와 벽을 마주할 수 있는 힘을 어른들에게 배우고 싶습니다.

저는 학교를 부정할 마음은 없습니다. 하지만 대부분의 아이들은 반드시 학교에 다녀야 하는 실정입니다.

학교가 아닌 다른 길도 선택할 수 있는 세상이 되었으면 좋겠습니다. 그러면 학교에 다니지 않으면 몹쓸 인간이 된다는 사고방식도 사라질 거라고 생각합니다. 집에서 공부해도 어엿한 인간으로 인정받을 수 있는 세상이 된다면 우리도 좀 더 밝게 웃으며 인간답게 살 수 있을 거라고 생각합니다.

'우리보다 세상을 오래 산 어른들'이라는 말이 사무치게 아프다. 우리보다 세상을 오래 산 어른들은 그만큼 지혜로워야 하는데도……라는 의미가 괄호 속에 있다.

누구나 아는 사실이지만 교육을 '학교'에만 맡겨두면 안 된다. 교육을 담당하는 세 측면은 가정, 학교, 지역 공동체이다. 자연이 이들을 둘러싸고 있다면 가장 이상적인 교육환경이리라.

조금 다른 이야기를 하자면, 오키나와 도카시키 섬—나는 지금 여기에 살고 있다—아이들의 교육을 언급하며 다양한 교육환경들이 갖춰져 있지 않아 벽지 아이들은 도시 아이들에 비해 아무래도 학력이 떨어진다는 식으로 말하는 교사 때문에 어이가 없었던 적이 있다.

물론 섬 학교의 교사는 그런 말을 하지 않는다.

그 교사는, 벽지에서는 기술문명이나 다양한 사람을 접할 기회가 적다는 말을 하려던 것이었겠지만, 아이러니하게도 그때 도시 교육에서 도태된 두 아이가—집단 따돌림을 피해서 온 아이도 있었다—섬 학교에 다니고 있었다.

섬 사람들은 대부분 자급자족 생활을 한다. 자연을 경외하고 자연에서 배우며 살아간다. 아이들은 그런 부모, 조부모를 보며 자란다. 학교에는 '땀 사랑 교육'이라는 것이 있어서, 논일 밭일을 하고 염소와 닭을 기른다.

오키나와 낙도에는 존재하는 모든 것에 신이 깃들어 있다는 애니미즘 사상과 종교가 있고, 사람들은 제사를 통해 옛 세대에서 새 세대로 그 형식과 정신을 이어나간다.

다시 말해서 이곳에는 교육의 세 측면이 단단하게 자리잡고 있고, 풍부한 자연이 있다. 교육환경이 나쁘기는커녕 더없이 좋다.

소녀가 원하는 어른들의 지혜란 이런 곳에서 살아가는 사람들의 지혜를 말하는 것이리라.

길에서 만난 할머니가 잠깐 이야기를 나누다가 이런 얘기를 한 적이 있다.

"인간이 공부를 하는 건 훌륭한 사람이 되기 위해서가 아니에요. 인간이 공부를 하는 건 좋은 사람이 되기 위해서

예요. 그러니 죽을 때까지 공부해야지요."

이런 지혜라면 소녀도 받아들일 것이다. 이런 공부라면 소녀도 열심히 하고 싶었을 것이다.

현재의 사회에 적응한다. 많은 어른들이 아이들과 젊은 이들에게 이것을 바란다. 바라기만 할 뿐 아니라, 억지로 시키려고 한다. 제아무리 그 시대의 가치관이라 해도 그것을 강요한다면 강요당하는 입장에서는 비속한 가치관에 지나지 않는다.

대부분의 어른들은 이 사실을 깨닫지 못한다. 소녀가 말하는 '우리보다 세상을 오래 산 어른들의 지혜'는 고정된 것이 아니다.

함께 배울 때 생겨나는 지혜이고 이런저런 시행착오를 함께 겪어주는, 때로 엄격함을 동반한 상냥함이다. 무엇보다 서로가 변화할 수 있는 함께 흘리는 땀이다.

'요즘 아이들은 열정이 없다' 같은 말을 하지 말고, 열정을 품지 않으면 살아갈 수 없는 세상, 학교가 아니라 아이들이 생기있게 살아갈 수 있는 세상을 만들어줬으면 좋겠습니다.

'세상을 만든다'고 소녀는 말한다. 이런 소녀와 비속한 가치관을 일방적으로 강요하는 어른 사이의 너무나 큰 격차. '세상'과 '학교'에 인간미가 없다는 소녀의 지적은 서늘하리만치 예리하다.

인간은 자기가 하고 싶다고 마음먹으면 실현할 수 있는 능력을 가졌는데, 그것을 생각할 시간조차 없다는 것은 너무나 슬픈 일이라고 생각합니다.

이왕 인간으로 태어났으니 저는 하고 싶은 일을 마음껏 해보고 싶습니다.

하지만 이제는 조금씩 달라지고 있다고 생각합니다.

앞으로 어떻게 변할지 저는 기대하고 있습니다. 그리고 지금까지처럼 저 자신의 속도에 맞춰 앞으로 나아가고 싶습니다.

저는 이 삼 년 동안 너무나 중요한 것을 배웠다고 생각합니다. 수학이나 영어가 아니라 인간으로서 중요한 것 말입니다. 학교에 계속 다녔다면 못 배웠을지도 모른다고 생각합니다.

앞으로 저 자신도 조금씩 달라지겠지만, 많은 것들을 생각하면서 천천히 나아가고 싶습니다.

이 소녀의 글에는 희망이 있다. 아니 희망이 있다기보다 소녀의 글에서 우리가 용기를 얻는다. 소녀는 이제는 조금씩 달라지고 있다고, 사람들의 생각이 달라지고 있다고, 앞으로 어떻게 변할지 기대하고 있다고 말한다.

오늘날의 상황을 생각할 때 삼 년 동안 학교에 가지 않았다는 것은 소녀에게도 소녀의 가족에게도 말로 표현할 수 없는 고통이었을 텐데, 소녀는 그것을 강조하지 않고 미래를 바라보고 있다.

이 낙천성은 어디에서 오는 것일까.

소녀가 강인한 정신을 가졌기 때문이기도 하겠지만 절망의 심연에 내몰리면서도 사람 사이의 연대를 바라온 소녀의 성실함이 소녀의 내면에서 지탱해준 덕분이라고 생각하고 싶다.

성서에, 고통은 곧 구원의 씨앗이라는 말이 있다. 사람은 사람에게서 상처받기도 하지만, 또한 사람에게서 구원받기도 하는 사회적 동물이다.

나는 소녀의 주장을 온전히 수긍하는 입장이다.

세상이 얼마나 냉엄한지 모른다느니, 하고 싶은 대로 하겠다는 응석이 통할 것 같냐느니, 하고 싶은 말을 내뱉는 아이를 오냐오냐 해주는 어른이 있으니 어린애나 젊은이들이 버릇이 없어진다느니 같은 말을 들을 것을 뻔히 알면서도 굳이 한마디 하자면, 소녀의 주장이 교육의 본질에 닿아 있는 한 누구도 그것을 무시할 수 없다.

우리는 소녀에게 대답해야 할 책임이 있다.

소녀는 학교를 없애라고 하지 않았다. 학교의 변혁을 요구하고 있다. 컨베이어벨트 작업이나 다름없이 기계적으로 뭔가를 외우는 학교는 인간을 성장시키는 곳이 아니라는 지적에, 각각의 입장에서 소녀에게 대답할 의무가 생겼다고 받아들여야 한다.

문부성, 교육위원회, 학교·교사는 말할 것도 없고, 가장 무겁게 책임을 져야 하는 이들이 정치가와 기업가이다. 정치가는 현재의 학교 시스템을 만들고 그것을 관리해왔고, 기업가는 인재 확보라는 명분 아래 '엘리트'만을 선별하며 교육에 경쟁을 끌어들였다. 이 책임을 어떻게 인식하고 있는지, 그들의 목소리를 들어보고 싶다.

사람이 지식을 얻고 현명해진다는 것은 어떤 것일까.

지식을 얻는 방법은 두 가지이다. 머리로 생각해서 지식을 얻는 것과 몸과 마음으로 느껴서 지식을 얻는 것.

사람은 생각함으로써 지식을 얻었다. 그 지식에 더욱 견

고한 지식을 쌓아올리고, 그 과정을 반복해서 오늘날의 기계문명을 발달시켰다.

컴퓨터나 미사일은 그 산물이다. 그러나 미사일 발사 버튼을 누르면 아무 죄도 없는 사람들의 피와 살이 튀고, 사람들에게 살을 쥐어뜯는 아픔과 고통을 준다는 생각이 버튼을 누르는 사람에게는 결여되어 있다.

어디에서 그것을 잃어버렸을까.

내가 무슨 말을 하려는지, 독자들은 벌써 알아차렸으리라. 세계의 지도자라 불리는 사람들 역시 불완전한 교육을 받았다는 사실이다.

머리로 생각해서 얻은 것과 몸과 마음으로 느껴서 알게 된 것 사이의 불균형이 사람들로부터 배려와 상냥함을 빼앗고 생명에 대한 경외심을 앗아갔다.

첫머리에서 나는 소녀의 글이 '학교'에 대해 근본부터 묻는 내용을 포함하고 있다고 썼는데, 좀 더 깊이 파고들어가면 이 문제는 인류의 미래에까지 맞닿아 있다. 소녀의 호소를 결코 무시하면 안 되는 것은, 그것이 우리 자신의 문제이기도 하기 때문이다.

학교는 변혁되어야 한다.

만약 그럴 수 없다면, 혹은 변혁에 이르지 못한다면, 학교를 거부하거나 학교를 선택할 수 있는 권리를 아이와 그 부모에게 주어야 한다.

집에서 공부해도 헌법이 정한 교육의 의무를 다하는 것이라고 말하는 사람들이 있다. 만약 그렇다면 그 점을 널리 알리고 공유해야 하며, 무엇보다 자녀를 초·중등학교 같은 공교육기관에 입학시킬 의무를 없애고, 그 의무를 게을리했다고 부모에게 교육위원회에 출두하라고 독촉하고 심지어 벌금을 물리는 아날로그 식 제도는 개선되어야 한다.

학교를 절대적인 것으로 여기는 풍조는 의도적으로 만들어진 듯한 느낌이 강하다. 잘 알다시피, 예전에는 교육을 받는 것이 국민의 권리가 아니라 국가에 대한 국민의 의무였다.

이 나라에는 몇몇 사람이 교육을 지배해서도 안 되고 몇몇 사람을 교육이 지배해도 안 된다는 절대적인 법이 있었던 전례가 없다. 기업의 전사를 만들기 위해, 일부 엘리트를 만들기 위해 학교가 이용당하고 있다. 그리고 많은 아이들이 버려지고 있다.

교육은 아이들 각자가 놓인 상황이나 현실과 상관없이 한 사람 한 사람의 능력이 발휘되고, 아이들 하나하나가 둘도 없이 소중한 존재로 존중받는 문화창조행위이며 인문과학이다.

학교는 교육행위가 이루어지는 하나의 장소에 지나지 않는다. 자연이야말로 진정한 교육의 터전이라는 사상이 현대 교육에 받아들여졌더라면 학교는 큰 변화를 이루어냈으리라.

감수성 예민한 한 소녀가 던진 문제는 너무나 중대하다.

분노를 분노로서가 아니라, 모든 분노를 바다로 흘려보내는 물과 같이, 미래를 응시하며 이야기하는 그 고요함이 우리 가슴을 깊이, 그리고 강하게 두드린다.

섬 할머니와의 대화

"언제 오셨어요?"

"어제 돌아왔습니다."

"댁은 날마다 열심히 달리네요. 인간은 몸을 움직이지 않으면 못 써요."

"네."

"나는 이렇게 왕복 한 시간 걸려 쓰레기를 버리러 간답니다. 나한테는 이게 운동이지요."

"좋죠. 섬 어르신들이 건강하신 건 여러모로 몸을 쓰시기 때문이에요."

"밭일을 하는 사람도 있고요."

"그렇죠."

"나는 책도 곧잘 읽지요."

"그거 좋지요."

"댁이 쓴 책은 아직 못 읽었지만……"

"아닙니다, 괜찮습니다."

"나중에 꼭 읽을 거니까."

"네."

"사람은 나이가 몇 살이든 공부가 중요하지요."

"네."

"머리가 좋아지게 하려고 공부하는 게 아닙니다. 마음이
좋아지기 위해 하는 거지요."

"아하, 그렇군요."

"나는 손자 녀석한테 말합니다. 공부를 하는 건 훌륭한
사람이 되기 위해서가 아니라 좋은 사람이 되기 위해서라
고요."

"아아, 그렇죠."

"사람은 머리로 승부를 보려 해서는 안 돼요. 마음으로
승부해야 해요."

"정말 좋은 말씀이에요."

"일본이 부자나라라고들 하지만 옴진리교나 야쿠자 따

위가 있는 한 세상에 으스댈 수 없어요."

"옴진리교에는 진지한 사람이 많던 것 같던데……"

"머리로 승부한 사람이 나빴어요."

"아, 지도자 말씀이시군요……"

"그래요. 잘난 사람들 중에 나쁜 사람이 많아요."

"……?"

"선생님 소리를 듣는 사람이 뇌물을 받아서 잡혀가고 하
잖아요."

"그러고 보니 그렇네요."

"돈 많은 사람이 돈으로 몸을 망치죠."

"되도록 돈은 적게 갖도록 하겠습니다."

"댁은 괜찮아요."

"……?"

"노인클럽에 기부하셨잖아요."

"네."

섬에서 살다

"오키나와 도카시키 섬에 살고 있습니다"라고 하면 "권투선수 중에 도카시키인가 하는 선수가 있었죠. 그 사람 고향인가요?"라거나 "게라마*와 도카시키는 가깝습니까?"라는 말을 곧잘 듣는다.

도카시키 섬에 도카시키라는 성을 가진 사람은 없고, 게라마는 제도이고, 게라마라는 이름의 섬은 없다. 도카시키 섬은 게라마 제도의 일부이다. 분명 일본의 섬인데도 때때

* 이십여 개의 섬으로 이루어진 제도로, 오키나와 본섬에서 서쪽으로 사십 킬로미터쯤 떨어져 있다.

로 일본지도에서 빠져 있기도 한다.

그런 섬에 나는 살고 있다.

날씨 좋은 날에는 일찌감치 원고를 다 쓰고 잠수낚시를 하러 간다. 나카이 요시마사 씨와 노다 마코토 씨가 전업 잠수어부인데, 대개 이 두 사람과 함께 간다.

때로는 수심 십 미터 이상 잠수해서 비늘돔이나 뱅에돔, 능성어과 물고기를 작살로 잡는다.

잡은 물고기는 수협에 파는데, 일 킬로그램에 육백 엔에서 이천 엔 정도 쳐준다. 재미있게도 십 킬로그램을 잡은 나와 삼십 킬로그램 가까이 잡은 두 사람이 수입을 정확히 삼등분으로 나눈다.

나와 함께 가면 그들의 수입이 줄어든다. 그런데도 두 사람은 싫은 내색 한 번 하지 않고 기꺼이 나를 데려가 준다. 천성이 착한 사람들이다.

사실 섬 사람들 모두가 그렇다.

초인종 소리에 나가보니 낯선 할머니 세 분이 서 있었다.

"선생님, 소라 드세요?"

"네."

"그럼, 두고 갈게요."

섬의 할머니들은 한사리*에 소라를 캐러 바다에 나가는데, 돌아오는 길에 내 집에 들러 소라를 나눠준다.

또 초인종이 울린다. 나가보니, 이번에는 다른 할머니 몇 분이 서 있다.

"선생님, 씀바귀 드세요?"

"네, 먹긴 먹는데요……"

"그럼, 드세요."

현관 앞에 채소가 한가득 쌓인다. 항상 이런 식이다.

요즘 나카무라 미노루 씨의 《아마존의 교장선생님》이라는 수필을 읽고 있는데, 책 속의 원주민이 이렇게 말한다.

"나무에 열매가 열리면, 삼분의 일은 우리가 살아가기 위해 신에게 감사드리며 나무에서 따 먹는다. 삼분의 일은 자손들을 위해 나무에 남겨둔다. 나머지 삼분의 일은 우리 외에 작은 생물들을 위해 따지 않고 둔다."

도키사키 섬을 비롯한 오키나와 낙도 사람들의 사고방식도 이와 똑같다. 생면부지 사람이라도 인연이 있어서 이 섬에 함께 사는 이상 모두 형제다. 먹을거리는 다 같이 나눠 먹는다. 그것이 나에게 소라와 씀바귀를 주고 돌아가는 섬

* 밀물과 썰물의 차이가 가장 클 때.

할머니들의 마음일 것이다.

이 섬에서는 혼자 사는 노인이나 몸져누운 노인을 마을 사람들이 모두 함께 돌본다. 그것이 신기한 듯 때때로 전국 각지의 복지사업 관계자들이 견학하러 오지만, 정작 섬 할머니들은 뭘 보러 오는 건지 도통 이해하지 못한다.

일을 할 수 없는 노인들을 돌보는 것은 당연한 일이고, 전혀 특별할 것이 없다. 예부터 그렇게 해왔고, 지금도 그렇게 하고 있을 뿐이다.

섬은 아름다운 산호초에 둘러싸여 있다. 자연경관은 말로 표현할 수 없을 만큼 아름답다. 바다의 푸른빛, 하늘을 날아다니는 셀 수 없이 많은 나비들과 새들, 일 년 내내 흐드러지게 피어 있는 히비스커스와 부겐빌레아의 화려함. 어느 모로 보나 천국이라고밖에 할 수 없다.

섬이 아름다운 것은 섬 사람의 마음이 아름답다는 것이다. 자연을 지키려는 인간의 마음과 실천이 있을 때에야 비로소 자연은 아름다울 수 있고 자연과 인간은 공존할 수 있다.

섬 사람들은 말한다.

"자연의 은혜를 누리는 것은 좋지만, 자연이 회복할 수 없을 만큼 이용해서는 안 됩니다."

섬 사람들은 자급자족 생활을 하므로, 자연을 파괴하면 인간이 살 수 없다는 것을 다들 잘 알고 있다. 도시 사람들에게 들려주고 싶은 말이다. 정치가와 기업가를 데려와서 '자연과 인간'이라는 주제로 연수를 받게 하고 싶다.

혹시 이 제안을 받아들일 분 안 계십니까?

오키나와에 관광을 와서 별모래를 산 사람이 많을 것이다. 상식이 조금 있는 사람이라면 그것이 사실은 모래가 아니라 유공충 껍데기라는 것도 알고 있으리라.

별모래, 곧 유공충은 지질시대라는 까마득히 먼 옛날에 번성하던 작은 동물이다. 오래전 멸종되었다고 여겨졌으나, 그 별모래가 게라마 제도의 바다에 살고 있다. 아름다운 유백색을 띠고 있는 별모래는 모자반에 붙어사는데, 몸길이가 일 밀리미터쯤이라 맨눈으로도 볼 수 있다. 유공충은 산호초를 이루는 산호충보다 더 예민해서 바다가 조금이라도 오염되면 금세 모습을 감춘다고 한다. 그런 연약한 동물이 지금까지 생존해 있는 것만 보아도 게라마의 바다가 얼마나 깨끗한지 잘 알 수 있다.

섬 사람들은 그래도 옛날에 비하면 바다가 더러워졌다고들 한다. 나는 세계에서 손꼽히는 아름다운 바다라고 생각하지만, 섬 사람들은 미세한 변화를 감지하고 좀 더 앞을 내다보고 말하는 것이리라.

나카이 요시마사 씨는 같은 곳에서 두 번 연이어 잠수하지 않는다.

"한 번 잠수한 곳은 적어도 보름 동안 찾지 않습니다. 길게는 반년 동안 들어가지 않는 경우도 있고요."

섬에는 두 사람 말고 다른 전업 어부가 없으므로, 드넓은 게라마 바다에서 제아무리 고기를 많이 잡는다 해도 넓디넓은 바다에 오줌 누기 격이니 물고기 개체 수에 영향을 주지 않을 거라고 생각하지만, 섬 사람들 생각은 다르다. 그게 사실이라 해도 그런 생각이 남획으로 이어진다. 그렇게 말하고 있는 것이리라.

섬 사람들의 자연관은 역시 대단하다. 자연은 아름답고 인정은 두텁다. 섬을 찾는 사람들은 한결같이 그렇게 말한다. 이런 곳에서 살아보고 싶다고 하면서.

나는 살아보았다. 과연 어땠을까?

친한 우체국장이 있다. 딸이 둘 있는데, 막내가 고2 때 이런 말을 했다.

"저는 이 섬에서 나고 자라면서 쭉 생각한 게 있어요. 아무것도 없는 이따위 섬, 얼른 커서 하루라도 빨리 떠나고 싶다고요. 오로지 그 생각뿐이었죠."

딸은 말을 이었다.

"넓은 곳, 새로운 곳으로 가서 좀 더 공부하고, 또 일도 하고 싶다고 생각했지만, 겐지로 아저씨가 이 섬에 온 뒤로, 이 섬에 대해 말하거나 쓴 것을 귀로 듣고 눈으로 보면서 어쩌면 제가 잘못 생각한 게 아닐까 생각하게 되었어요."

나는 마음이 복잡했다. 내가 이 섬에서 나고 자랐다면 나도 이 아이와 같은 생각을 했을까. 내 성격으로 미루어볼 때 확실히 그렇다고 말할 수 있다.

분명 섬에는 아무것도 없다. 카페도 없고 책방도 없다. 뭔가 맛있는 것을 먹으러 가려 해도 그런 가게가 있을 리가 없다. 영화관도 없고 피시방도 없다. 비록 수는 적지만 엄연히 젊은이들이 살고 있다. 연애할 나이가 되어도 서로 이야기를 나눌 곳도, 만날 장소도 없다.

중학교를 졸업하면 부모와 떨어져 나하*에 있는 고등학교에 가야 한다. 섬에서 보면 나하는 타향이다. 학교를 졸업하고 섬으로 돌아와도 취직할 수 있다는 보장이 없다.

겨울 날씨는 혹독하다. 여름에는 태풍이 온다. 대형 태풍이 몰아치면 일주일 동안 섬에 배가 오지 않는다. 우유도,

• 오키나와 본섬의 가장 큰 도시.

두부도, 신선한 식료품도 바닥난다.

현실은 가혹하고 미래에 대한 희망도 품기 어렵다면 누가 이 아이를 나무랄 수 있을까. 낙도 생활의 고통은 지금도 여전하다.

섬이 아름답다고 말하기는 쉽다. 여기에 진정한 인간의 삶이 있다고 글로 쓰기도 쉽다. 그러나 섬의 고통을 몸으로 절절히 느끼지 못한 사람이 그런 말을 한다면 섬 사람들은 마뜩잖게 여길 것이다. 내가 아이의 말에 마음이 복잡했던 것은 그런 이유 때문이다.

섬과 도쿄를 오가며 살고 있는 내가 오키나와 이야기를 하는 것은 사기라고 말하는 사람이 있다. 나는 반박하지 않는다. 맞아요, 사기입니다. 뻔뻔하게 대응하지도 않는다.

나는 오키나와가 좋다. 오키나와의 섬이 좋다. 할 수 있다면, 될 수 있다면 그곳을 만나고 어루만지고 때로는 숨죽여 숨쉬고 냄새를 맡으며 내 몸속에 오키나와 자체를 가득 채우고 싶다.

오키나와는 그 기쁨으로도, 고뇌로도 심오한 것을 가르쳐주기 때문이다.

'신들과 함께'라는 것

나는 오키나와의 하테루마 섬에서 그 체험을 했다.

며칠 뒤에 마츠리*가 있었고, 그날은 연습을 한다기에 외부인이 있어도 괜찮지 않을까 생각하며 가보았다.

우리가 흔히 아는 마츠리와는 거리가 멀었다. 색채가 거의 없었다. 먼저 미륵 가면을 쓰고, 흰 천을 두르고, 긴 지팡이를 짚은 장로가 있다. 아이들이 그 뒤를 따른다. 모두 비쭈기나무 가지인 듯한 나뭇가지를 들고 있다. 젊은 남녀, 장년, 그리고 노인들이 줄줄이 뒤따른다.

• 일본의 종교의식이자 전통 축제.

장막이 드리워져 있었다. 행렬은 조용조용, 천천히 나아간다. 아무런 꾸며진 소리도 없다. 한 걸음 내디딜 때마다 푸른 잎이 달린 나뭇가지가 사삭사삭 흔들리는 소리가 고요히 리듬을 새긴다.

행렬이 어둠 속으로 들어간다. 행렬 전체가 부옇게 흐려진다.

문득 몸서리가 쳐지는 듯 몸이 떨렸다. 이게 대체 뭐지? 인간이 주인공이라는 교만함, 우쭐함은 털끝만큼도 없다. 인간 사회를 드러내는 것은 모두 사라지고 없다.

섬 사람들은 말한다. 존재하는 것에는 모두 영혼이 있다고. 그래서 정령이 깃드는 것이라고. 이 고요함은 정령을 부르고 이끌어오기 위한 것일까.

그것이 분명히 느껴졌다. 나는 꽤 철저한 무신론자이다. 그런 내가 그것을 느꼈다. 그저 함께 걷고 있을 뿐인데도 분명히 기쁨을 느끼고 있는 스스로에게 나는 놀라고 있었다. 그것이 몸서리 같은 반응으로 나타난 것이다.

지금껏 겪어보지 못한 신비로운 체험이었다. 오키나와에 매료되어 오키나와 도카시키 섬에 살게 된 지금도 그날의 떨리는 감동을 다시 느끼지 못했다. 내가 평생에 단 한 번 겪은 종교적 체험이라고 할 수 있다.

오키나와는 애니미즘이다. 애니미즘을 원시종교로 번역하는 사람이 있는데, 동의할 수 없다. 자연숭배라고 해야 맞다. 모든 것에 영혼이 존재한다는 사고방식에 나는 매료된다.

그것이 종교라고 말한다면, 나는 모든 생명과 함께하려는 그런 종교에 끌린다.

그것을 '신들과 함께'라는 말로 표현한다면, 나는 신을 믿을 것이다.

애니미즘은 오키나와의 마음이기도 하다.

하테마루에서 느꼈던 감동을 도카시키 섬에서는 아직 느껴보지 못했다고 썼지만, 사실 이것은 정확한 말이 아니다.

이 섬 사람들 역시 모든 생명을 둘도 없이 소중한 것으로 여기며 사랑하는 마음을 지니고 함께 나누며 살아가고 있기 때문이다.

바다에 미치다

나는 천성적으로 바다를 좋아하는지 모른다.

그저 좋아하기만 하지 않고 사냥도 했다. 다섯 살 때 스마*의 바다를 가까스로 헤엄쳐들어가 자맥질로 개량조개 몇 개를 땄다. 하나는 구로네코—검은색 전통 삼각 속옷—속에 넣고 양손에 하나씩 쥐고 다시 헤엄을 쳤다. 딱히 수영 실력이 좋은 것도 아니면서 그런 짓을 했으니, 하마터면 익사할 뻔했다.

골목대장 아이가 물속에 집어넣고 물을 엄청 먹인 적도

* 고베 시 남서쪽에 있는 해안 지역.

있었지만, 나는 질리지도 않고 바다를 찾았다. 큰눈양태, 문어, 전복, 소라, 쥐노래미, 볼락, 닭새우 등을 잡았다. 소년 무렵에는 꽤 실력 있는 아마추어 어부였다.

나는 고베 시에서 태어나 고베 시에서 자랐지만, 오십 년 전에는 도시에서도 자연을 상대로 이런 '놀이'를 할 수 있었다.

아버지가 미츠비시 고베 조선소에 다녔는데, 쉬는 날에는 곧잘 낚시에 데려 주었다. 자주복이 제법 잡혔다. 정어리와 꽁치를 미끼로, 이른바 낚아채듯 잡는 방법을 썼는데, 낚싯줄이 쭈욱 늘어나는 감촉으로 때를 맞췄다. 지이잉, 하는 강렬한 반응이 오면 그때부터 물고기와 격렬한 싸움을 벌인다. 바늘 끝에 미늘이 달려 있지 않기 때문에 갑자기 가벼워져도 방심하면 안 된다. 계속 끌어올리다 보면 다시 당기는 힘이 느껴진다.

"아빠, 이거 봐. 되게 커요."

그러면서 나는 함박웃음을 지었다.

어부의 아들은 아니지만 바다에서 그런 호쾌한 '놀이'를 하고 자랐기에, 최근의 밋밋한 물놀이로는 만족할 수가 없다.

물론 그것도 그것대로 좋다고 생각하지만, 레저로서의 낚시는 반대할 뿐 아니라 화가 나기까지 한다. 바다가 썩을 만큼 잔뜩 밑밥을 뿌리고, 정어리 같은 작은 물고기는 가려내고 전갱이만 챙겨가는 낚시꾼을 보면 살의를 느낄 정도다. 생명을 어떻게 생각하는 걸까.

이케자와 나츠키 씨가 재미있는 말을 했다. 수렵민족은 거칠고 농경민족은 온순하다는 말이 있는데, 사실은 그 반대일 거라고.

물건을 저장할 수 없는 세계에서는 소유권 싸움이 일어나지 않는다. 곡물 저장이 신분을 만들고 전쟁을 낳았다는 얘기다. 꽤 그럴듯하다.

어느 쪽이 생명을 더 소중히 여겼다거나 하는 말을 하려는 것은 아니다. 하지만 효율이나 경제를 우선시하는 시대를 살아온 인간은 모든 부분에서 생명의식이 희박하다.

오키나와의 늙은 어부는 말한다. 사물은 단순한 사물이 아니다. 사물에는 모두 생명이 깃든다. 그것을 돈으로 바꾸게 되면서부터 인간은 망가졌다.

듣기 괴로운 이야기다.

나는 지금 오키나와 도카사키 섬에 살면서 기구 없이 잠수해서 고기 잡는 방법을 배우고 있다. 물고기의 습성을 제대로 알지 못하고 잠수할 때는 어획량이 말이 아니었지만, 지금은 십 킬로그램 정도는 잡을 수 있게 되었다. 비늘돔이

나, 이 지역에서 찬구스쿠라고 부르는, 산호초 옆에서 사는 물고기 외에도 농어류, 황줄깜정이, 벵에돔 등을 잡는다. 수협에 팔면 팔천 엔에서 만이천 엔 정도 받는다.

올여름, 몸길이 일 미터짜리 실전갱이를 잡았다.

"완전 《노인과 바다》였어요" 하고 우쭐거렸지만, 사실은 바다 밑바닥으로 끌려 내려갈 뻔했으니 죽다 살아났다.

지금 내게는 사람과 물고기가 다르다는 느낌이 없다. 바닷속에서는 서로 대등한 존재로, 각자 가진 지혜를 총동원해서 격렬하게 겨룬 끝에 승부를 낸다. 목숨을 건 게임이다.

실제로 나는 사고를 만나 하마터면 수면 위로 떠오르지 못한 채 죽을 뻔한 적이 두 번이나 있다. 남쪽 바다이니 상어는 항상 따라붙는다.

어부들은 물고기를 함부로 다루면 굉장히 화를 낸다. 먹고살기 위해 물고기를 잡아 돈으로 바꾸기는 하지만, 물고기를 물건으로 보지는 않는다. 나도 어부 시늉을 내고 있어서 잘 아는데, 물고기와 인간 사이에는 뭔가 말로 표현할 수 없는 연대감이 있다. 잡은 고기를 버리거나 하는 사람에게 살의를 느끼는 것은 그런 마음 때문이리라.

섬의 어부들에게서 배우는 것이 많다.

도카시키 섬에서 잠수낚시를 전문으로 하는 사람은 나를

포함해서 딱 세 명이다. 어디서 잠수를 해서 어떤 물고기를 잡아도 물고기 개체 수에는 변화가 없을 것 같은데도 한 번 잠수한 곳은 적어도 보름 동안 들어가지 않는다. 그 규칙을 철저히 지킨다.

보통 물고기를 많이 잡으면 실력이 좋은 어부라고 생각하지만, 섬에서는 반드시 그렇다고 할 수 없다. 언제, 어느 때에, 어떤 물고기를 잡느냐 하는 자연의 법칙 같은 것이 있다. 그것을 엄격히 지키는 어부가 존경을 받는다. 큰 배나 값비싼 장비로 물고기를 많이 잡는 사람이 있으면 수상쩍게 생각할 뿐 좋은 어부라고 하지 않는다.

우리가 지로 씨, 지로 씨 하고 부르는 초로의 어부는—안타깝게도 작년에 세상을 떠났다—산 위에서 지켜보다가 물고기들의 모습이 보이면 배를 띄운다. 그런 기술을 전해줄 수 있는 사람이 이제 없다고, 섬 사람들은 안타까워한다.

모래사장에서 달리기를 하다가 눈길이 마주치면, 지로 씨는 늘 소주를 권한다.

"선생님, 마시고 가세요."

권하는 대로 넙죽넙죽 받아 마시면 안 된다고 마음을 다지고 세 번에 한 번 정도로 응하면, 더없이 기뻐하며 아끼는 오키나와의 소주를 따라주었다.

고깃배를 소중히 여기는 그는 선체에 늘 상어 기름을 바른다.

"배도 종류가 많지만 뭐니 뭐니 해도 예부터 내려오는 이게 최고죠."

그렇게 가르쳐주기도 했다.

보기 좋은 얼굴이었다. 진짜 어부다운 어부였다.

글 첫머리에 '바다에 미치다'라고 썼는데, 내게 바다 없는 인생은 생각할 수가 없다.

바다는 상냥하기만 한 게 아니라 무서운 면도 지니고 있다. 사람의 생각이나 감정을 까마득히 뛰어넘은 초연한 존재이다. 그런데도 무한에 가까운, 수없이 많은 생명을 그 안에 품고 있다. 바다는 자연 그 자체, 신 그 자체라는 생각이 들 때가 있다.

나는 바다를 경외한다. 바다는 언제나 초연하므로 인간의 악행을 일일이 나무라지 않는다. 그러나 인간은 이 말을 잊어서는 안 된다.

"사람이 저지른 가장 큰 죄는 신이 심판한다."

오키나와에 오기 전 아와지 섬에서 자급자족 생활을 하던 무렵, 반대쪽 연안인 아카시에 사는 친구가 야간조업─저인망 어업─에 데려간 적이 있다. 커다랗게 부풀어오른

그물을 풀어, 그물 속에 있는 것을 갑판에 쏟아냈다. 비닐 등의 쓰레기들이 산더미처럼 쌓였다. 어부는 쓰레기 더미에서 작은 물고기를 골라냈다.

신의 심판이 멀지 않았음을 느꼈다.

자연과 아이들

부탁을 받아, 아이들 앞에서 이야기를 할 때가 있다. 대개는 바다 이야기를 한다.

"다랑어는 언제 어디서 잠을 잘까요?"

"……?"

"……?"

흠, 모른다.

"해마는 물고기일까요?"

"……?"

"……?"

역시 모른다.

오징어는 하늘을 날까요? 같은 질문을 연거푸 해서 나는
아이들을 당황시킨다.

아이들은, 처음에는 골똘히 생각만 하다가 이윽고 추리나
추측을 하기도 하고, 일단 아무 대답이나 해보기도 한다.

가끔은 정확한 지식을 가진 아이가 있어서 저요, 저요,
적극적으로 나선다.

참고로 위의 세 가지 질문의 답은 이렇다.

다랑어는 평생 동안 헤엄을 멈추지 않는다. 잠잘 때도 속
도만 늦출 뿐 계속 헤엄을 친다. 해마는 어엿한 물고기이
다. 작은 오징어는 적이 공격하면 공중으로 날아오르기도
한다.

한차례 아이들의 흥미를 끈 뒤 자연에 대한 여러 가지 이
야기를 한다.

"사람은 남자와 여자가 있지요. 사람하고 가까운 동물들
도 대부분 마찬가지기 때문에, 우리는 자칫 지구의 모든 생
물이 그럴 거라고 생각하기 쉬워요. 하지만 그렇지 않아요.
물고기 같은 경우, 계절에 따라 일정한 경로로 이동하는 회
유어들은 수컷과 암컷이 확실히 구분되어 있지만, 산호초
에서 사는 물고기들은 그렇지 않은 경우가 많아요. 예를 들
어 여러분이 잘 알고 있는 감성돔은 어떨 때는 수컷이었다

가 어떨 때는 암컷이 됩니다. 성전환이라고 하는데, 사람도 때때로 이러면 편리하겠죠. 네 이름이 뭐지?"

"가츠이치요."

"그렇군. 가츠이치가 내일은 가츠코*가 되는 거야."

아이들은 깔깔거리며 웃는다. 삼백 명쯤 되는 아이들 앞에서 이야기할 때도 있는데, 누구 하나 지루해하거나 한눈을 팔지 않는다.

컴퓨터 게임에 빠진 아이도 있을 것이다. 내내 텔레비전만 본다고 부모에게 야단맞는 아이도 분명 있을 것이다. 그런 아이도 다른 아이들과 마찬가지로 자연에 관심을 보이며 자연 이야기를 재미있어한다. 그런 현실을 알게 되자, 아이들을 자연과 접하게 해주고 싶다는 생각이 강하게 들었다.

내가 사는 오키나와 도카시키 섬은 동식물의 보고이다. 아이들에게 들려주는 지식 대부분을 여기에서 얻었다. 섬 아이들은 풍부한 자연에 둘러싸여 그곳에서 무럭무럭 자라고 성장한다.

이따금 벽지 아이, 낙도 아이는 학력에 문제가 있다는 바

• 가츠이치는 남자 이름이고 가츠코는 여자 이름이다.

보 같은 말을 하는 교사들이 있다. 얼토당토않은 말이다. 이곳 아이들은 산지식이 풍부하다. 바다, 산, 작은 생명에 대해서 정말로 잘 알고 있다.

오늘날의 교육 현장에서 갖가지 문제가 터져나온다. 따돌림 문제도, 아이들의 자살 문제도 원인 치료를 하지 않고 현상만 해결하려 하는 것은 의미가 없다고 생각한다.

한심스러운 일이지만 교육의 근원으로 돌아가 엄격하게 재점검할 필요가 있다.

인간을 인간이게끔 하는 교육이 사라졌다면 인간이 인간에 도달하는 교육은 어떻게 이루어지고 있었을까.

명백한 것은 교육은 세 가지 측면으로 이루어진다는 점이다. 가정, 학교, 지역 공동체이다.

그리고 또 하나 중요한 측면이 있다. 자연이다.

많은 현대인들이 그 사실을 잊어버렸다. 인간은 경제효율을 위해 자연을 회복 불가능한 상태까지 파괴했다. 아이들의 '학교'를 파괴했다는 의식이 전혀 없다는 것은 이중의 비극이다.

학교는 지나치게 거대해졌다. 그곳에서 엘리트를 만들어 내 급속한 기계문명의 발달에는 기여했지만, 인간이 사라져버렸다.

"남자로 태어난 것도, 여자로 태어난 것도 굉장한 일이라는 것을 알게 되어서 좋았다."

아이들의 이런 감상이 우리에게 생명을 절절히 느끼게 한다.

붉은 쌀

　이곳 오키나와 도카시키 섬에서는 6월 초면 벌써 벼가 묵직한 이삭을 달고 고개를 떨군다. 일본에서는 드물게 이모작을 하는 곳이다. 그런데 작은 실수를 했다.

　등겨 색깔이 붉기에, 섬에 놀러 온 친구에게 이건 찹쌀인가보군, 하고 말했다.

　그런데 달리기를 하다가 논 주인과 이야기를 나누다 보니, 벼가 병든 것이라고 한다.

　올해는 오키나와에도 추운 날이 이어져 냉해 때문에 그렇게 된 것일까.

　나도 십일 년 전 아와지 섬에서 벼농사를 지었기 때문에 논 주인이 얼마나 낙담했을지 잘 안다.

그 뒤 사흘 동안 날마다 아침 달리기를 했는데, 논 주인은 항상 논에 나와 있었다. 논두렁의 풀을 베며 간간이 논을 바라본다. 생각에 잠겼다가 다시 풀을 베더니 이내 병든 벼를 바라본다. 아픈 아이를 돌보는 어머니의 모습이, 나는 떠올랐다.

아와지 섬에서 밭농사를 짓던 무렵, 이웃의 노부부에게 밭농사 비결이 무엇이냐고 물어본 적이 있다. 지금 생각하면 바보 같은 질문이었다.

"비결 같은 건 없어요. 밭에 있는 녀석들한테 발소리를 되도록 많이 들려주세요."

그런 대답을 들었다.

밭에 있는 녀석들이란 밭에 심은 채소들을 말한다. 아와지 섬의 노부부든 오키나와의 논 주인이든 농민의 마음은 한가지구나, 하고 가슴 깊이 생각한다. 쌀이라는 녀석은 결국 상품이 되지만 그것을 기르고 사랑한 농민의 마음은 어디로 가는 것일까.

이 섬의 초·중등학교에는 '땀 사랑 교육'이라는 생산교육이 있다. 아이들은 쌀과 채소를 기르고 염소와 닭을 친다.

나는 방금까지 섬 아이들이 쓴 글을 읽고 있었다.

양말에 풀씨가 잔뜩 붙기도 하고 체육복이 더러워지기도 하고. 더운 날 일하는 건 무척 힘들지만, 잎이 자라고 땅속에서 큼직한 고구마가 나오면 힘들었던 것도 잊고 기분이 엄청 좋아진다고, 한 아이가 썼다.

모든 아이들이 어린 시절부터 이런 생활을 한다면…… 하고 나도 모르게 자꾸 생각하게 된다.

인생은 이십 년마다

나는 인생을 이렇게 생각했다. 물론 이것은 내 생각이고 내 생활 속에서 실천한 것이므로, 일반적인 것이 아니며 보편적이지 않을 수도 있다. 하지만 응용할 수는 있을 듯하다.

인생을 이십 년 단위로 나눈다. 스무 살까지는 집중적으로 배운다. 인간은 사회적 동물이므로 스무 살부터 마흔 살까지는 세상에 나가 일을 한다. 딱 한 번 살다 가는 인생이니, 다음 예순 살까지는 가장 하고 싶은 것을 하는 기간으로 잡는다.

문제는 그다음부터인데…… 여기가 중요한 부분이다.

예전 같으면 벌써 죽었을 나이이다. 그렇게 생각하면 남은 인생은 뜻밖에 거저 얻은 덤과 같다. 일단은 뭘 해도 좋다고 해 두자.

조금 저속하게 말하자면, 여자(남자)한테 미쳐도 좋고 경마에 미쳐도 좋다.

간사이 사람들은 혼잡한 인파 속을 "죄송합니다!" 하고 소리치며 헤치고 나간다. 이를테면 그런 삶의 방식이다.

사람들은 대개 나이 먹는 것을 싫어하지만 그렇게 생각하면 나이를 먹는다는 것은 가슴이 두근거릴 만큼 매력적인 것이다.

돈이 있어야지……

그렇게 말하겠지만, 돈으로 사서 누리는 것보다 돈을 쓰지 않고 누리는 즐거움이 더 깊은 법이다.

가르쳐달라고?

스스로 생각하길.

내 경우는 이렇다.

처음 이십 년은 누구나 똑같다. 다음 이십 년, 정확하게는 십칠 년 동안 공립학교 교사로 일했다.

다음 이십 년은 소설가로 살았다. 지금은 글을 쓰는 것이 고통이므로 과연 이 일이 태어나서 가장 하고 싶었던 일이었는지 자신이 없지만, 한때 소설가가 되고 싶었던 것은 사

실이므로 종합적으로 본다면 하고 싶은 것을 한 시기라고
할 수 있다.

　다음이 덤으로 주어진 인생인데, 지금 나는 오키나와 도
카시키 섬에서 잠수 어부로 살고 있다.

　아직 체력이 거뜬해서—십일 년 동안 아와지 섬에서 농
사꾼 시늉을 하고 자급자족 생활을 한 덕분에 얻은 것이
다—하루 종일 바닷속에서 물고기를 쫓는다.

　신은 인간에게 몰입의 즐거움을 주셨다.

몸과 마음의 대화

사람은 누구나 건강하기를 바란다. 그런데 건강은 타고 난다고 생각하지 자신이 만들어 나간다고 생각하지 못하는 것이 인간의 약점이다.

건강을 위해 노력하지도 않으면서 제멋대로 사는 게 최고의 건강법이라고 말하는 사람을 나는 믿지 않는다.

먹고 싶을 때 먹고 싶은 것을 먹는다. 그것이 자연의 이치다. 이렇게 말하는 사람이 있는데, 이 역시 무지에서 나온 말이다.

예를 들어, 단것을 먹으면 피곤이 가신다는 말은 미네랄이나 비타민 같은 필수영양소를 풍부히 함유한 과일이나 혹

설탕을 먹었을 때 그렇다는 뜻이지, 정제한—이것은 필수 영양소가 제거된 설탕이나 곡류에 쓰이는 말로, 본래 의미와 달라져버렸다—설탕을 먹어봤자 아무 소용이 없다.

제멋대로 사는 사람은 식생활도 제멋대로이고, 성격도 편협한 경우가 많다. 다른 표현을 쓰자면 마음과 몸 사이에 대화가 없는 사람이다. 몸은 절대로 거짓말을 하지 않으므로—과음, 과식을 했을 때의 몸 상태를 생각해보면 바로 알 수 있을 것이다—끊임없이 몸과 대화하고 몸이 하는 말에 따라야 한다. 많은 사람들이 여기에 소홀하다.

현대인은 가장 기본적인 것을 잊고 툭하면 엉터리 건강법에 달려든다.

이렇게 잘난 척 말하는 나도 때로 그런 잘못을 저지른다.

나는 독신인 데다 현대 의학을 별로 믿지 않기 때문에, 스스로 내 생활의 우선순위를 정해놓았는데, 첫째가 몸, 둘째가 일, 셋째가 놀이이다. 작년 한 해는 신문에 연재소설을 쓰느라 첫째와 둘째가 뒤바뀌었다.

어김없이 몸에 신호가 왔다. 불면과 그에 따른 신경불안, 위장의 불쾌감이었다. 이래서는 안 되겠다 싶어 올봄부터 상당한 노력을 기울여 예전 상태를 되찾았다.

날마다 한 시간씩 달리기. 덤벨을 이용한 복근운동. 그리고 현미와 푸른 채소, 콩, 해초, 작은 생선을 중심으로 식사를 했다.

약 한 달 만에 몸이 회복되었다.

몸은 정확하게 반응하며 반드시 답례를 하는 법이다.

몸이 자기 것이라고 생각하는 것이 잘못인지도 모른다.

하늘이 빌려준 것이라고 생각하고 그 값을 치른다는 마음으로 사는 것이 좋다.

죽음에 대해

부끄러운 실수를 저질렀다.

"도쿄 행 막차 탑승객이신 하이타니 겐지로 손님, 출발
시간이 다가오고 있사오니……"

깜짝 놀라 시계를 보니, 출발시간이 다가오는 게 아니라
이미 출발시간이었다. 허겁지겁 달려가, 어깨를 잔뜩 움츠
린 채 자리에 앉았다.

사실은 책을 읽고 있었다. 《임종의 말》을 다 읽고, 이어
서 야나기타 구니오 씨의 《희생》에 푹 빠져 있었던 것이다.

《희생》은 아들의 자살에 대해 쓴 책이다.

사람은 살아 있는 동안 다양한 생각을 한다. 죽음에 대해

생각하는 시간도 방대할 것이다. 고등학생 때 밤새워 삶과 죽음에 대해 이야기한 적도 있다.

내일은 죽자. 내일은 진짜로 죽어버리자고 외곬으로 생각하던 시절, 큰형의 자살에 큰 충격을 받고 넋이 나가 있던 무렵, 간암에 걸린 둘째 형을 간병하던 괴로운 날들. 죽음은 늘 가까이에 있었다.

죽음을 멀리하려 했던 적은 한 번도 없었다.

그 덕분에 어느 정도는 삶에 미련을 갖지 않고 살 수 있었다. 물질이나 돈, 인간이 만든 모든 권위는 죽음 앞에서 아무 가치도 없다.

인간관계도 이성관계도 항상 덧없는 것이라고 생각하며 살았기에 질척거리지 않았다.

죽음에 흥미를 갖는 까닭은 죽음으로 자기 삶을 평가할 수 있어서일 것이다. 가능하다면 이윽고 찾아올 죽음도 깨끗이 받아들이고 싶지만, 이것만은 도통 자신이 없다.

죽음을 각오하는 일은 할 수 있지만 죽음 자체는 신의 영역에 속한 것이므로 그 어떤 죽음도 그대로 받아들일 수밖에 없다. 오히려 인위적으로 죽음을 더럽힐까 두렵다.

영원히 사라져 무로 돌아가는 일, 죽을 때 엄습해올 절망적인 고통. 이것이 죽음을 두려워하는 일반적인 사람들의 심정일 테지만, 죽음이란 아무리 깊이 생각한다 해도 이해하거나 해결할 수가 없다.

사람은 삶을 살았던 것처럼 죽는다는 말을 나는 좋아한다.

사람은 삶을 살아왔듯이 또 그렇게 죽어가는 것이라고 생각하고 싶다.

신의 아이

오키나와의 어느 섬에서는 '장애아(장애인)'를 '신의 아이'라고 부른다.

한 강연에서 그 이야기를 했더니, 반론이 나왔다.

나는 싫다, 신의 아이라고 불리고 싶은 사람이 어디 있겠나, 는 것이다.

나는 그에 대해 이렇게 썼다.

오키나와에는 애니미즘이라는 신앙 또는 사상이 있다. 원시종교로 보는 사람도 있지만, 나는 그 말에 반대하며 자연숭배라 불러야 한다고 생각한다. 그러면 종교로 한

정짓지 않고 일종의 사상으로도 받아들일 수 있기 때문이다.

애니미즘에는 특별한 신이 존재하지 않는다.

모든 것에 영혼이 있다는 사고방식이다. 삼라만상에 신이 깃든다고 생각하면 된다. 존재하는 것은 모두 평등하다는 말이 있는데, 바로 그 정신이다.

따라서 '장애아(장애인)'를 '신의 아이'라고 부르는 것을 두고, "이 아이(사람)들은 신이 깃든 특별한 사람이다"라고 해석할 게 아니라 "이 아이(사람)들에게도 똑같이 신이 깃들어 있다"고 해석해야 한다.

사물을 깊이 생각하지 않고 섣불리 정의의 깃발을 흔드는 사람이 있다.

사회문제와 관련된 일을 하는 사람들은 나름의 양심이 있기에 그러는 것이겠지만, 세심함과 겸손함을 갖추지 못한다면 그 운동이나 행동은 경직되어 흉해 보인다.

다시 오키나와 이야기로 돌아가서, 오키나와를 오해하고 있는 사람이 굉장히 많다. 그것이 오키나와 차별을 낳는다.

좀 더 공부하기를 바란다. 같은 일본인데도 본토의 일본인은 오키나와에 대해 심하다 싶을 만큼 잘 모른다.

'장애아(장애인)'를 왜 '신의 아이'라고 부르는지, 그 의미를 깊이 생각해보면 오키나와의 마음이 보일 것이다.

생명에는 높고 낮음이 없다는 것, 하나의 가치관으로 생명을 구분짓지 않는 것, 이것이야말로 오키나와의 사상이며, 현대사회에 결여된 이 가치관을 모든 인간관계와 사회구조에 도입하고자 노력한다면 일본이 되살아날 수 있다고 말할 수 있을 만큼 지극히 중요한 사상이다.

오키나와로부터 배울 것이 엄청나게 많은데도 배우려 하지 않는 사람이 많다는 사실에 마음이 쓸쓸하다.

게다 이야기

게다가 없다. 도대체 어디에서도 게다를 팔지 않는다.

평소 나는 게다를 신는다. 물론 강연을 가거나 텔레비전에 출연할 때는 신지 않지만, 대개는 하루 종일 게다 신세를 지며 산다.

작년 한 해 신문 연재소설을 쓰느라 오키나와보다 도쿄에 머무는 시간이 많았다. 그때 느꼈던 것이 첫머리에 쓴 문장이다.

도쿄의 사무실 겸 집은 신주쿠 구 동쪽 요츠야 3가에 있는데, 그 주변에서 게다 신은 사람을 한 번도 본 적이 없다.

지금은 익숙해졌지만 처음에는 게다를 신고 다니면 어쩐

지 부끄러웠다. 그런 자신에게 화가 나기도 했다.

도쿄는 게다를 신고 걸어다닐 수 있도록 만들어진 곳이 아니라는 사실을 온몸으로 절실히 느꼈다. 도시라면 어디나 마찬가지겠지만 바닥이 너무 딱딱해서 힘껏 내디디며 걸을 수가 없다. 미끄러지기 쉬워 너무나 위태위태하다.

해도 해도 너무하는구나…… 나는 화가 치밀었다.

게다를 신고 다니는 사람을 조금이라도 배려했다면 그렇게 딱딱하고 미끄러지기 쉬운 바닥재는 쓰지 않을 것이다.

게다를 좋아하는 사람이 있어도 신고 다닐 수가 없다면 갖고 있는 게다를 멀리 하지 않겠는가. 화를 내면서, 일본이라는 나라는 이런 식으로 문화를 파괴해왔구나, 생각한다.

때로는 효율성도 필요하지만, 그 대신 잃어버리는 것은 없는지 깊이 생각해보는 균형감각을 상실한다면 인간은 끝도 없이 타락할 것이다. 너무나 무서운 일이다.

옛것을 파괴하는 속도와 자연을 파괴하는 속도가 너무 빠르다면 반드시 경계해야 한다. 그 사회에 분명 적신호가 깜빡거리고 있으므로 일단 멈춰 서서 자신들이 어디로 가고 있는지 생각해보는 절제가 절실하다.

게다는 빨리 걸을 수도 없고 오랫동안 걸을 수도 없다. 그러나 게다를 신고 걸을 때의 쾌적함은 정신을 해방한다.

반찬 한 그릇

혼자 아와지 섬의 산촌으로 들어와 자급자족 생활을 하는 내가 가족 이야기를 할 자격은 없지만 내 나름대로 가족의 좋은 점과 나쁜 점을 알고 있다.

내가 만약 좋은 점과 나쁜 점 가운데 한쪽밖에 모른다면, 가족이나 가정을 강하게 원했을 것이다.

나는 형제가 일곱이다. 우리 가족은 부모님과 조부모님까지 열한 명이나 되는 대가족이었다. 아버지는 직업학교를 나온 공장 노동자였고, 어머니는 건널목지기의 딸이었다. 할아버지는 포장마차를 끌고 다니며 막과자를 팔았다.

말 그대로 가난하고 자식 많은 집안이었지만, 어린 시절

가난 때문에 힘들었던 기억은 전혀 없다.

우물 하나를 네 집이 함께 쓰던 공동주택 주민들은 한결같이 마음씨가 고와서, 우물 너머로 쌀과 간장을 빌려주곤 했다.

세 집 건너에 요시모토 과자점이 있었는데, 쇳가루를 모아 마련한 돈을 들고 그곳으로 달려가는 것이 동네 아이들의 더없는 즐거움이었다.

저녁이면 주전자를 들고 아버지와 할아버지가 반주로 드실 술을 사러 가는 것이 나의 일과였다.

옛날 술에서는 좋은 냄새가 났다. 나는 가슴을 벌렁거리며 몰래 술을 홀짝이고는 줄어든 양만큼 물을 부어 눈속임을 하곤 했다.

나는 할아버지 무릎에 앉아 술안주를 받아먹으며 밤늦도록 어른들과 함께 있었다.

내게는 그것이 이 세상의 극락이었다.

조부모님이 돌아가시고 마음이 느슨해졌는지 아버지는 도박에 빠졌고, 가난한 집안은 더욱 가난해졌다.

그 뒤로 어머니가 보여준 모습은 존경스러웠다.

아무리 가난해도 우리 집을 찾아오는 손님은 소중히 여겼다. 식사 때 손님이 오면 우리는 각자의 그릇에 담긴 반찬을 다시 한데 모았다.

"먹을 것은 다 같이 나눠 먹을 때 제일 맛있단다."

어머니는 그렇게 말하며 반찬을 다시 나누어 담았다.

참으로 훌륭한 교육이었다고 생각한다. 지금 생각하면 우리 형제 중에 사람보다 돈이나 물건을 중요하게 여기는 사람이 한 명도 없는 것은 이런 교육 덕분인 듯하다.

밝은 인간

 개인적인 이야기를 해서 송구하지만, 새 책을 출판했다. 한 신문이 다음과 같은 기사를 써주었다.

 하이타니 겐지로 씨는 쓰레기처리장 아이들이 등장하는 《나는 선생님이 좋아요》와 오키나와에 대한 차별과 억압을 주제로 한 《태양의 아이》 등 매우 감동적이면서도 독자에게 무겁게 다가오는 작품을 많이 발표했다.
 그런데 이번 《하늘의 눈동자》는 똑같이 황폐한 교육 현장을 그리고 있음에도 전체적으로 색조가 밝고 느긋하다는 인상을 받았다.

이 서평이 고마웠다.

사실 나는 되는대로 사는 무책임한 사람인데, 구도자의 이미지가 씌워진 면이 있어서 굉장히 거북했다.

지난번에 가수이자 배우인 와다 아키코 씨와 대담을 할 때, 아키코 씨가 물었다.

"겐지로 씨도 옛날에는 아무 기억도 나지 않을 만큼 취한 적이 있었다면서요. 꿋꿋한 아이들의 마음을 그리는 작가가 이렇게 술에 취해서 되겠냐고 생각한 적은 없나요?"

아무튼 세상은 어둡다. 너무 어둡다.

가장 어두운 것이 정치의 세계로, 국정 주도권을 둘러싼 정치가들의 언동은 음란하고 위협적이며 철저하게 어둡다.

안타깝게도 교육 현장도 결코 밝다고 할 수 없다.

일부 젊은이들의 무사태평하고 그저 밝기만 한 경박함에도 화가 치밀지만, 어둠은 그 뿌리가 깊다는 것을 알기에 더 견딜 수가 없다.

내가 사는 섬의 할머니들은 한없이 밝다.

알다시피 도카시키 섬에서는 살아서 포로가 되는 굴욕을 거부하라는 잘못된 교육 때문에 수많은 사람이 목숨을 잃었다. 세상은 그것을 '집단 자결'이라고 부른다.

할머니들은 모두 그 고통을 짊어진 채 살고 있다. 오래전 나는 오키나와 사람에게서 깨달음을 얻은 적이 있다.

"자기를 책망하며 산다고 죽은 사람이 행복해지겠습니까?"

죽은 이를 마음속에 살리며 사는 사람들은 밝고, 죽은 이를 잊어버린 사람들은 어둡다는 사실을 생각해볼 필요가 있으리라.

요즈음 나는 입버릇처럼 말하곤 한다.

"뭐든 상관없지만 어두운 건 안 돼."

* 태평양 전쟁이 막바지이던 1945년 오키나와 전쟁에서 일본군의 명령에 따라 수많은 주민들이 수류탄으로 집단 자결하거나 가족끼리 서로 죽인 뒤 자살하는 등 집단 자결 참극이 벌어졌다. 이 사건으로, 대략 12만 명의 주민이 사망했다.

거만함

정치가의 비윤리성이 너무나도 심각하다.

정부는 법이 정한 기한이 끝났는데도 부당하게―물론 비합법적으로―오키나와의 땅을 점거했다. 군사동맹이라고밖에 할 수 없는 일본 총리 하시모토와 클린턴의 미·일 공동선언―일본 국민의 승낙은 받지 않았다―에서 아시아의 일원도 아닌 미국이 이 지역에서 지속적으로 확고한 존재일 것이라는 지극히 거만한 말을 했는데도, 하시모토는 나무라기는커녕 그 결의를 환영한다고 답했다. 이는 일본 국민을 업신여기는 말이다.

집권 정당의 한 주요 인사가 받지도 않은―본인의 말―

천만 엔을 상대방에게 돌려주라며 다른 사람에게 그 돈을 맡겼다는, 도무지 이해할 수 없는 말을 했다. 일본군 '위안부'였던 여성이 자기 몸의 상처까지 보이며 올바른 역사 인식을 촉구했음에도, 참의원 이타가키라는 사람은 유감스럽게 생각하지만 관헌이 목줄에 매어 끌고 간 것은 아니다, 강제로 끌고 갔다는 객관적인 증거가 있냐고 뻔뻔스러운 말을 했다.

같은 날 전 법무대신 오쿠노라는 사람은 종군 기자나 종군 간호사는 있어도 '종군' 위안부는 없다, (그들은) 매춘행위에 참가한 사람들이다, 라고 말했다.

몇몇 예만 들어봐도 이 꼬락서니이다. 하지만 꼬락서니라고 하며 남의 얘기하듯이 말하고 있을 수만은 없다. 같은 일본인으로서 얼굴에서 불이 나는 듯한 기분이다.

예전에 '장애'를 가진 제자로부터 다음과 같은 편지를 받은 적이 있다.

얼마 전, 사십팔 년 전에 일본에 와서 광부로 일했던 목사님이 교회에 오셨다고 합니다.
예배 뒤에 한 젊은 여자가 그분에게 말했습니다.
"일본인의 죄를 용서해주세요."

그 목사가 물었습니다.

"일본인의 죄가 무엇입니까?"

"일본인이 한국 분들에게 범한 잘못이요."

선생님, 그 한국 목사님이 뭐라고 말씀하셨을 것 같아
요?

"일본인을 위해 기도할 수 없었던 한국 기독교인들의
죄를 용서하십시오."

이 편지를 보낸 제자는 아직 젊은 여성이다. 그녀는 그
말에 감동받고, 자신의 거만을 부끄러워했다고 썼다.

정치가의 언동을 볼 때마다 같은 일본인인데 어째서……
하는 생각에 마음이 착잡해진다.

움츠린 젊은이들

교토에 왔다.

아침에 달리기를 하려고 가모 강에 내려갔다가 깜짝 놀랐다. 새벽 다섯 시인데도 여기저기에 젊은이들이 무리지어 있었다.

왠지 지저분하게 느껴진 건 등을 구부정히 구부린 채 흐트러진 모습으로 떠들고 있었기 때문이리라.

대부분 십대였는데, 남자보다 여자가 좀 더 많았다. 음료와 음식이 든 캔과 포장지가 어지럽게 흩어져 있었다. 밤새 시내에서 놀다가 그곳에서 동이 트기를 기다리는 듯했다.

자, 달려볼까 하는 마음은 순식간에 사라지고, 아침부터

피로가 느껴졌다.

나의 십대 시절을 떠올려본다.

그들과 그녀들 못지않게(?) 그 무렵에는 나도 퇴폐의 심연을 헤매었다. 그들을 나무랄 자격은 당연히 없고, 그럴 마음도 없다.

청춘은 원래 충분히 어두운 법이다. 그렇게 생각하면서도 치밀어 오르는 이 불쾌감은 무엇일까.

무리지어 있는 것을 인정할 수가 없다. 청춘이 고독하다면 철저하게 고독을 맛보란 말이다. 무리지어 있어도 고독하다고요, 하고 젊은이들은 혀를 내밀지도 모른다.

예전에 오오카 쇼헤이 씨가 했던 말을 떠올려본다.

소비에 빠진 젊은이를 보는 것은 괴롭지만, 이 역시 평화가 있기에 가능한 것 중 하나이다. 평화를 파괴하려는 세력이 있을 때, 그때 우리는 싸우지 않으면 안 된다.

이 말을 가모 강가에 무리지어 있는 젊은이들에게 들려주고 싶다.

오오카 쇼헤이 씨는 전쟁터에 있었다. 그는 살아 돌아왔지만 수많은 사람이 사랑하는 이가 기다리는 조국으로 다시 돌아오지 못했다.

그 조국에 지금 우리가 있다. 아이들한테는 죄가 없다는 관점에서 이 젊은이들을 파악할 필요도 있을 것이다.

잘못을 저질러 붙잡힌 소년과 소녀들이 있었다.

"잘난 인간들이 죄다 나쁜 짓만 저지르잖아요. 그게 구역질난다구요."

먼저 너희부터 똑바로 살라는 말을 듣고 부끄러움을 느껴야 하는 인간이 이 나라에는 얼마나 많은지.

달릴 마음은 시들었지만 한 가지 희망은 있었다. 방황하는 이 젊은이들을 이곳에서 쫓아내지 않는다는 점이었다.

이런 현실을 딛고 살아가는 수밖에 없으므로.

페이퍼 무비

젊은이 이야기를 하나 더 하겠다.

《페이퍼 무비》라는 책을 받았다. 작가는 우치다 야야코. 우치다 유야 씨와 기키 기린 씨의 딸로, 최근 모토키 마사히로 씨와 결혼한 여성이라고 하면 많은 사람이 알 것이다.

나는 결혼한 야야코 씨가 도저히 상상이 가지 않는다. 내가 아는 야야코는 초등학교 4학년짜리 사랑스러운 어린아이다. 늘 아토피로 고생했기 때문에 여름방학이면 아와지 섬에 있는 내 집에서 지내며 온종일 해수욕장에서 살았다. 바닷물 속에 들어가 상어다! 하고 겁을 주면 겐지로 아저씨, 왜 자꾸 그래요? 하고 울먹이곤 했다.

기키 기린 씨는 가족의 건강을 위해 현미밥을 먹었다. 야야코가 고깃집에서 "흰 쌀밥은 정말 맛있구나……" 하고 말했다가 "너네 엄마, 광고 찍어서 돈도 많이 벌 텐데 집에서 대체 뭘 먹는 거야?"라는 말을 들었다는 이야기를, 기키 기린 씨한테서 들었다.

친구들이 편모 가정*에 대해 이러쿵저러쿵 이야기한 적도 있었던 모양이다.

"너는 따돌림당하는 아이의 마음을 일찌감치 이해했기에 상냥한 아이가 될 수 있었잖아. 엄마한테 고마워해."

그렇게 말하는 것이 기키 기린 식의 육아법이다.

《페이퍼 무비》를 정독한다. 더없이 싱그럽다. 이제 열아홉이다. 나는 감탄한다.

예를 들어 아버지를 언급한 문장.

그는 말도 안 되게 열정적인 사람이다. 때론 도가 지나쳐 죽도록 고통스러워하기도 한다. 어쩌면 자신이 내뿜는 불꽃에 활활 타버릴 때가 올지도 모른다. (……) 그의 열정은 복잡하다. 너무나 힘든 일과 저절로 웃음이 나는

• 우치다 유야와 기키 기린은 결혼하고 2년 뒤부터 오랫동안 별거 중이다.

일이 촘촘히 섞여 있다.

이 책을 읽은 지 너댓새 뒤 한 가게에서 우연히 우치다 유야 씨를 만났다. 서로 아는 사이가 아니어서 말없이 나가려는데, 그가 먼저 가게 주인을 통해 인사를 나누고 싶다는 뜻을 전해왔다. 한동안 이야기를 나누었는데, 예의 바른 사람이었다.

야야코는 훌륭한 아가씨로 잘 자랐어요, 하고 나는 마음속으로 말했다.

'유야 씨랑도 힘들었지만, 혹시 겐지로 씨랑 살았다면 지루해서 사흘도 못 견뎠을 거예요.'

돌아가는 길에, 기린 씨가 했던 말이 떠올라 피식 웃었다.

쓰레기를 생각하다

올림픽에 참가하기 위해 애틀랜타에 도착한 아프리카 남부 레소토 왕국의 선수가 대도시의 지나친 사치에 놀라움을 넘어 공포를 느꼈다는 이야기를 한 스포츠신문의 귀퉁이 기사로 읽었다. 음식을 남기는 것도 모자라 버리기까지 하는 것을 보고 아프리카였다면 살해당했을 거라고 말했다고 한다.

나는 도쿄에 있을 때면 늘 아침 일찍 달리기를 하는데, 쓰레기를 수거하는 날은 항상 쓰레기 더미를 요리조리 피하며 달린다.

근처에 음식점이 많다 보니 쓰레기 대부분이 음식찌꺼기

이다. 수거 전날까지 쓰레기 내놓는 것이 금지되어 있는데도 규칙을 지키지 않는 바람에, 까마귀가 떼 지어 몰려와서 음식물 쓰레기를 온통 어질러놓아 악취가 풍긴다. 청소과 사람들이 얼마나 골치를 썩을까.

욕설 중에 쓰레기 같은 놈이라는 말이 있는데, 그야말로 쓰레기가 인간에게 되돌려주고 싶은 말이라고 생각한다.

아와지 섬에서 자급자족 생활을 할 때, 음식물 쓰레기는 비료로 쓰고 나머지 쓰레기는 드럼통에 넣어서 태웠다. 손이 많이 가지만 쓰레기 처리를 남에게 맡기는 찜찜함이 없어서 기분은 상쾌했다.

이런 글을 쓰는 나도 도시에서 지낼 때는 꽤 많은 쓰레기를 만든다. 쓰레기를 만드는 나 자신이 넌더리난다.

한번은 쓰레기를 자세히 살펴보았다. 직업이 직업이다 보니 책 포장재, 다 읽은 잡지, 광고물 따위가 많았다. 주로 종이와 합성수지 소재였다. 그다음으로 많은 것이 식품 등의 포장지로 쓰이는 폴리에틸렌이었다.

쓰레기를 바라보고 있으려니, 상업주의라는 괴물의 모습이 천천히 떠올랐다. 과잉포장이라는 말이 있는데, 바로 그런 것들이 쓰레기로 버려지는 것이다. 공해 관련 서적을 종이와 합성수지로 이중포장을 해서 보내는 것은 난센스다.

필요 없는 것은 필요 없다고 말하자. 그 포장지는 필요 없습니다. 그것은 장바구니에 넣을 필요가 없습니다.

그렇게 해서 절약할 수 있는 자원이 많지는 않더라도 그 사이에 몸에 배는, 정말로 생활에 필요한 것과 그렇지 않은 것을 구별하는 눈은 틀림없이 여러분을 크게 성장시킬 것이므로.

올림픽의 강대국주의

에리트레아라는 나라를 아는가? 부끄럽게도 나 역시 바로 얼마 전까지 잘 몰랐다.

에리트레아는 아프리카 동부 홍해 옆에 있는, 면적 십이만 평방킬로미터, 인구 삼백오십만의 작은 나라다. 1962년 에티오피아에 강제 합병된 뒤 삼십 년에 이르는 독립투쟁을 거쳐 삼 년 전 가까스로 독립을 이루었다. 난민, 사망자 수가 어마어마하다. 세계 최빈국으로 꼽힌다.

그 에리트레아에서 올림픽 참가 이야기가 나왔다. 에리트레아에서는 자전거와 축구가 인기가 많은데, 자전거는 소년부 국제대회에서 여러 번 우승했을 만큼 실력이 있다고 한다.

참가하는 데 의의가 있다고들 말하지만 올림픽은 언제나 강대국에 휘둘려왔다. 에리트레아가 참가한다면 올림픽에 새로운 바람을 불어넣을 것이다.

그렇게 생각한 것은 일본의 젊은이들이었다. 바로 일본에 전쟁 책임을 묻고 전쟁과 평화의 문제를 논의하며 배 여행을 계속하고 있는 피스보트 회원들이다.

그들은 에리트레아의 오스만 살레 교육대신과 이야기를 나누었다. 올림픽에 참가하려면 적어도 오백만 엔이 필요한데, 그중 삼백만 엔을 어떻게든 마련해보겠다고 이들이 나선 것이다.

나도 그 운동의 발기인으로 참가했다.

재작년, 지부티 난민 수용소를 방문하고 아프리카 사람들의 궁핍한 상황을 직접 보았다. 고된 삶 속에서도 밝은 아이들의 모습에 감동을 받았다.

아이들은 헤어질 때 직접 만든 일장기를 선물로 주었다. 머지않아 아이들은 그 일장기가 사실은 피에 물들어 있다는 사실을 알게 되리라. 마음이 괴로웠다.

우리는 아프리카를 너무 모른다. 미국의 주가가 오르내릴 때마다 일희일비하면서, 아프리카에 대해서는 아무것도 모른다. 내 안에도 존재하는 그 불성실함을 어떻게든 극복하고 싶다. 에리트레아를 위해서가 아니라 우리를 위해서……

안타깝게도 에리트레아의 올림픽 참가는 애틀랜타 대회에서는 승인되지 않았다. 그러나 이 운동은 계속될 것이다. 여러분의 지원을 바란다.

재회, 상아화 그녀

얼마 전, 우치다 아야코 씨 이야기를 쓴 적이 있는데 이번에 우치다 아야코 씨가 팩스를 보내왔다. 유쾌한 글이어서 허락을 얻고 여기에 싣는다.

DeAR 하이타니 겐지로 님

갑작스러우시겠지만, 의논할 게 있어요. 이번 달 7일이 저(아야코)와 남편의 결혼 일 주년 기념일이에요. 그리고 굉장히 드문 일인데, 이번 달 20일부터 남편이 휴가예요. ……그래서 어쩌라고? 하고 생각하시겠죠…… 사실 부탁이 있어요.

'혹시라도' 많이 바쁘지 않고 '혹시라도' 뭐, 재워줘도 괜찮지 않을까? 생각하신다면 꼭! 정말 너무 제멋대로인 거 알지만, 둘이서 놀러 가고 싶거든요……

야야코의 남편은 흔히들 모쿤이라고 부르는 모토키 마사히로 씨다. 나는 물론 얼마든지…… 하고 답장을 보냈다.

십 년 전의 야야코 씨는 초등학교 4학년이었고, 나는 그 무렵의 그녀밖에 알지 못한다. 모토키 마사히로 씨는 텔레비전에서 자주 본다. 당연한 일이지만, 진짜 모토키 마사히로 씨가 내 눈앞에 나타나고, 그리고 우치타 야야코 씨가……

오키나와의 초여름 하늘을 수놓는 상아화를 아는지. 상아화는 태양빛을 그대로 꽃빛으로 바꾼 듯한 윤기를 머금고 하늘을 똑바로 쳐다보고 있다. 그러면서도 갓난아이의 웃는 얼굴을 지닌 신비한 꽃이다.

야야코 씨를 보자마자 그 꽃이 떠올랐다.

"다 컸구나."

인생을 다 산 한심한 아저씨는 이런 평범한 말밖에 하지 못했다.

상아화 그녀는 지금도 바다를 무척이나 좋아하는 듯했

다. 산호 조각들과 하나가 되어 하루 종일 파도와 노닥거린다. 그녀의 남편이 그 모습을 가만히 지켜보고 있다.

근처에 시부가키˙라는 이름이 붙은 무인도가 있다. 당시 유행에 따라 붙인 이름인 듯한데, 그리 크지 않은 기념비도 있다. 그 말을 하자 모토키 마사히로 씨가 자연을 파괴해서…… 하고, 자기한테는 아무 책임도 없는 일에 굉장히 미안해하며 사과를 했다. 숙소를 비즈니스호텔로 잡은 것도 그렇고, 요즘 보기 드문 기특한 젊은이였다.

두 사람은 섬 사람이 선물한 야광조개를 지금도 소중하게 간직하고 있을까.

• 떫은 감이라는 뜻.

섬의 고통

태풍이 찾아왔다. 직격타를 맞지는 않았지만 비가 거의 내리지 않는 이른바 마른 태풍이었기에 농작물 피해가 어마어마했다.

마침 섬에 놀러 와 있던 상송 가수 데라이 가즈미치 씨와 상황을 보러 다녔다.

그는 행동파로, 멀리 베트남과 캄보디아에서도 활동을 이어가고 있다. 올해 고향 나가사키에서 밀 팔십 킬로그램을 수확했다.

여행을 가면 그곳의 논과 밭에 먼저 눈길이 간다는, '농사일을 좋아하는 사람'이다.

마른 태풍이 작물에 나쁜 이유는 염분 때문이다. 순식간에 잎이 검게 변하고 돌돌 말리면서 시들어버린다. 파파야 잎이, 모로헤이야 잎이…… 너무나 안타깝다.

데라이 가즈미치 씨가 말했다.

"이거 정말 심각하네요."

섬의 최대 환금작물인 타문* 잎이 검게 변해 있었다.

주인과 잠시 이야기를 나누었다.

"앞으로 한 달이면 다 여물텐데요."

"그럼 올해 타문 수확은 글렀다는 건가요?"

"잎이 이 모양이면 알이 굵어지지 못해요."

벼농사는 이모작이기 때문에 마침 여름철 모내기를 막 끝낸 모종이 피해를 입었다.

일기작 때는 냉해 피해, 또 이번에는…… 이런 일을 어떻게 견뎌낼까, 하고 생각했다.

그러나 섬 사람들 얼굴은 그다지 심각하지 않다. 끈기 있고 강한 사람들이다.

그날 밤, 데라이 가즈미치 씨는 기타를 퉁기며 노래를 불

* 타문은 오키나와 사투리. 고구마의 한 종류로, 특히 논에 심는 품종을 말한다.

러주었다.

> 네가 모르는 곳에
> 여러 인생이 있다
> 네 인생이
> 둘도 없이 소중하듯
> 네가 모르는 인생도
> 둘도 없이 소중하다
> 사람을 사랑하는 일은
> 모르는 인생을 아는 일이다

내가 쓴 시인데, 섬 사람들의 마음을 생각하는 가즈미치 씨의 마음이리라.

수업1

강연하러 가는 초·중등학교에서 가끔씩 수업도 한다. 삼
년 전부터이다.

그 계기는 도쿄 아야세에서 발생한 '여고생 감금 살인사
건'이었다. 소년 여러 명이 아무 죄도 없는 소녀를 능욕하
고 결국 때려죽였다. 그리고 사체를 콘크리트 속에 묻었다.

당시 매스컴은 소년들을 야수라고 불렀다. 야수는 그런
극악무도한 짓을 하지 않는다.

이 사건을 접했을 때 병든 교육의 계산서를 우리가 이런
식으로 지불해야 하는구나, 하는 생각에 암담한 기분이 들
었다.

네 소년은 도쿄 지방재판소에서 재판을 받았다. 주범격인 A소년이 내 책을 읽고 자기 안에도 인간이 있다는 걸 알았다는 의미의 진술을 했다는 말을 들었다. A소년이 내 책을 읽은 계기는 소년의 변호사인 가미야 노부유키 씨가 넣어준 내 책 《선생님, 내 부하 해》에 실린 여덟 살 어린이가 쓴 시 때문이었다.

껌 하나

선생님 화내지 마세요
선생님 제발 화내지 마세요
나 굉장히 나쁜 짓을 했어요

나 가게에서
껌을 훔쳤어요
1학년 애랑 둘이서
껌을 훔쳤어요
금방 들켰어요
틀림없이 하느님이
주인 아줌마한테 알린 거예요

나 말도 못했어요
온몸이 장난감처럼
부들부들 떨렸어요
내가 1학년 애한테
"훔쳐"라고 했어요
1학년 애가
"너도 훔쳐"라고 했지만
나는 들킬까 봐
싫다고 했어요

1학년 애가 훔쳤어요

하지만 내가 나빠요
그애보다 백 배 천 배 나빠요
나빠요
나빠요
나빠요
내가 나빠요
엄마한테
안 들킬 줄 알았는데

금방 들켰어요
그렇게 무서운 엄마 얼굴
처음 봤어요
그렇게 슬픈 엄마 얼굴 처음 봤어요
죽도록 때리고는
"너 같은 애는 우리 애 아냐, 나가"
엄마는 울면서
그렇게 말했어요

나 혼자 집을 나갔어요
늘 가던 공원에 갔는데도
다른 나라에 온 것 같았어요, 선생님
어디로 가버리고 싶었어요
하지만 아무리 걸어도
아무 데도 갈 데가 없었어요
아무리 생각해도
다리만 떨리고
아무 생각도 나지 않았어요
밤늦게 집으로 돌아가
물고기처럼 엄마한테 잘못했다고 했어요

하지만 엄마는
내 얼굴을 보고 울기만 했어요
나는 왜
그런 나쁜 짓을 했을까요

벌써 이틀이나 지났는데
엄마는
아직 슬퍼하고 있어요
선생님 어떡하면 좋아요

수업2

'여고생 감금 살인사건'의 범인인 소년들은 2심에서 1심
보다 무거운 판결을 받았다. 소년들이 저지른 죄에 비해 형
량이 너무 가볍다는 여론 때문인 듯했다.

여기서도 나는 마음이 어두워졌다.

많은 일본인들이 소년들에게 무거운 벌을 내리는 것으로
할 일을 다 했다고 생각한다면, 그것은 이중으로 불행한 일
이다.

사람은 누구나 배움을 통해 스스로 변화하려는 능력을
신에게서 부여받았다. 실제로 야수라고 불렸던 소년들도
어린이가 쓴 시를 읽고 자신을 변화시키려 했다.

1심 판결문을 꼼꼼히 읽어보면 소년들의 죄를 엄하게 단죄하는 한편, 영혼을 구제하는 일을 소홀히 하여 소년들을 그 지경으로 몰아넣은 사회와 학교에도 소극적으로나마 책임을 묻고 있다.

사람들은 이 사실을 어떻게 생각할까.

자신과 관계없다는 생각이 이 사회를 얼마나 나쁘게 만들어왔는가. 그렇다면 당신은 무엇을 할 것인가? 나는 스스로에게 물었다.

어떤 면에서 소년들은 현대 학교 교육의 희생자들이다. 학교는 지식의 양으로 인간의 가치를 결정하고, 소년들은 그 경쟁에서 밀려나버린 것이다.

일찍이 마음 깊이 존경하던 전 미야기 교대 학장 하야시 다케지 선생은 "아이들은 빵을 원하는데도 지금의 학교는 아이들에게 빵 대신 돌을 쥐여주고 있다"며, 진정으로 아이들 편에 선 수업이 이루어진다면 성적의 좋고 나쁨은 나타나지 않는다는 것을 실제로 증명하셨고, 나는 그 수업을 두 눈으로 직접 보았다.

반에서 '짐짝' 취급을 받던 아이가 눈빛을 반짝이며 수업에 집중했다. 오 분도 진득이 앉아 있지 못하던 근로청년의 등이 곧게 펴졌다.

선생은 병으로 쓰러져 뜻을 다 이루지 못하고 세상을 떠났지만, 선생이 뿌린 씨앗은 여기저기서 싹을 틔우며 선생의 뜻을 착실히 실천에 옮기고 있다.

그래, 다시 수업을 해보자. 나는 다시 수업을 시작했다.

수업3

"오늘은 '생각'하는 공부를 할 거예요. 생각하는 공부니까 필기를 하거나 외울 필요는 없습니다. 대신 곰곰이 생각해주세요. 무엇을 생각하느냐 하면……"

초등학교 4학년 교실에서 나는 그렇게 말을 꺼냈다.

칠판에 "'상냥함'에 대해서"라고 썼다.

"사람의 상냥함에 대해서입니다. 처음부터 상냥함에 대해 생각하라고 하면 어려울 수도 있으니까 '귀여워하다'로 생각해볼까요?"

나는 사람의 아기를 귀여워하는 것과 강아지를 귀여워하는 것이 똑같은지 아닌지 아이들에게 물었다.

아이들은 활발하게 자기 생각을 말했다.

"사람의 아기도 강아지도 똑같이 생명이고 생명은 소중한 거니까 똑같다고 생각해요."

한 아이가 그렇게 대답하자, 그 아이의 원칙을 깨뜨리려는 아이가 나타난다.

"넌 그렇게 말하지만…… 만약에 불이 났다고 쳐. 사람의 아기랑 강아지랑 둘 중 어느 쪽을 먼저 데리고 도망갈래?"

다양한 의견이 나온다. 나는 하나의 답을 강요하거나 정해진 답으로 끌고 가려는 마음은 털끝만큼도 없다.

"자, 지금 이 이야기는 잠깐 중단하고 오늘 공부가 끝난 뒤에 한 번 더 생각해보도록 하세요."

나는 일상생활에서 누군가 자기한테 상냥하게 대해주었거나 자기가 남한테 상냥하게 대해준 이야기를 해달라고 아이들에게 말했다.

"시험 볼 때 지우개가 없어서 곤란했는데 ○○가 슬쩍 빌려주었어요. 무지무지 기뻤어요."

아이들이 잇달아 말한다.

기뻤다. 아, 다행이다. 사람이 좋아졌다. 마음이 목욕탕처럼 따뜻해졌다. 노래를 부르고 싶은 기분이었다. 아이들이 말한 그대로를, 아이들의 표현을, 나는 칠판에 차례로 적었다.

"그럼, 여러분이 생각하는 사람의 상냥함이란 이런 기분이 들게 하는 행동이라고 받아들여도 되겠네요?"

아이들이 네에, 하고 대답했다.

나는 앞에서 소개한, 도둑질을 다룬 '껌 하나'라는 시를 아이들에게 읽어주었다.

수업4

아이들은 '껌 하나'라는 시를 진지한 표정으로 들었다.
다 읽고 나서 내가 말했다.

"이 시를 이 아이에게 쓰게 한 선생님은 상냥한 사람이
라고 할 수 있을까요? 어때요?"

아무도 손을 들지 않는다. 아이들은 생각하고 있다. 눈빛
을 빛내며 점점 더 심각한 표정으로 변했다.

나중에 이때 아이들의 사진을 봤는데, 확실히 변화가 일
어나고 있었다. 아이들이 깊은 사색에 빠져 있다는 것을 알
수 있었다.

"어때요? 어떻게 생각해요?"

나는 다그치듯 다시 물었다. 침묵이 이어졌다.

"어떤가요?"

한 여자아이가 주뼛거리며 손을 들었다.

"……저는 그 선생님이…… 상냥한 사람이라고…… 생각해요……"

생각에 생각을 거듭하며 더듬더듬 대답했다. 그 아이의 말에 한시름 놓았다는 듯한 분위기가 흐르고, 나도 그래, 나도 그렇게 생각해, 하는 목소리가 여기저기서 들려왔다.

"그건 이상하지 않나요? 여러분은 방금 전에, 사람의 상냥함이란 아 다행이다, 하고 생각되거나 마음이 따뜻해지게 만드는 행동이라고 하지 않았어요?"

아이들은 다시 생각에 잠기고, 침묵이 흘렀다. 어디가 상냥하다는 거죠? 나는 다그치듯 다시 물었다.

한 아이가 무심결에 터져나온 듯한 느낌으로 대답했다.

"……엄격하니까요."

"엄격하다? 학생은 지금 엄격한 것이 상냥한 것이라고 말하는 거예요? 사람의 상냥함은 때로는 엄격한 것이라고, 방금 생각했다. 그렇게 받아들여도 되나요?"

그 아이는 네, 하고 내 눈을 똑바로 쳐다보면서 대답했다.

나도 그렇게 생각해…… 나도…… 하는 목소리가 들리

고, 비로소 아이들의 표정도 누그러졌다.

그동안 아이들은 엄청나게 긴장한 상태로 생각에 집중하고 있었던 것이다.

상냥함에 대해 생각하는 수업은 그뒤로 좀 더 이어졌는데, 그때 모든 아이들이 스스로 생각하지 않으면 어디서도 답을 얻을 수 없다고 생각하고 있었던 듯하다.

수업5

아이들이 내 수업을 어떻게 받아들였는지는 아이들의 글
속에 그대로 드러나 있다.

하이타니 겐지로 선생님의 수업은 상냥함이란 무엇인
지 알아보는 수업이었습니다.
내가 지금까지 생각해보지도 못한 문제를 냈습니다.
하지만 나는 아주 좋은 수업이었다고 생각합니다. 그리
고 하이타니 겐지로 선생님은 그런 마음을 갖고 있기 때
문에 그런 책을 쓸 수 있구나 하고 생각했습니다.
— 마츠모토 아유미

수업이 시작되었다. 독특한 글씨로 "상냥함에 대해서"라고 칠판에 썼다. 선생님은 시를 읽어주었다. 도둑질에 대한 것이었다. 작가인 만큼 어려운 질문을 했다. 나는 좀처럼 대답할 수 없었다. 선생님이 워낙 유명한 작가여서 손을 드는 데에도 용기가 필요하다.

— 다나카 준

수업이 좀 어려워서 처음에는 '재미없겠다'고 생각했지만 나중에는 꽤 재미있어졌고, 마지막에는 엄청 재미있었다. 처음엔 뭐가 뭔지 몰랐지만 나중에는 대충 다 이해할 수 있었고, 마지막에는 아-주 잘 이해할 수 있었다. 그래서 재미있었던 거다. 수업을 끝낼 때 왜 그렇게 끝냈는지 나중에 생각해봤는데, 그 뒤에 다시 곰곰이 생각해보라는 뜻이 아니었을까?

— 아소 치나츠

〈껌 하나〉라는 시를 아이들에게 읽어준 뒤, 나는 이른바 지적 장애를 가진 아이를 중심에 두고 '친구 만들기' '사람 만들기'를 하고 있는 반 아이들의 사진을 보여주며 수업을 이어나갔다.

마지막으로, 그 아이들이 미소짓고 있는 사진을 이 분 정도 보게 한 다음, 나는 말했다. 이것으로 내 수업은 끝났습니다.

아소 치나츠는 사람의 상냥함에 대해서는 한 시간 수업으로 끝낼 게 아니라 그뒤로도 계속 생각할 문제라고 말했다.

수업에 엄청난 집중력을 보여주었던 야마모토 게이타라는 아이는 "하이타니 겐지로 아저씨는 '상냥함이란 사람을 변화시키는 힘을 갖고 있을지도 몰라요'라고 말했지만, 나는 반드시 변화시키는 힘을 갖고 있다고 생각합니다"라고 썼다. '있을지도'라는 글자 아래 검은색 밑줄이 짙게 그어져 있었다.

곰곰이 생각해서 가까스로 찾아낸 '자신의 대답'이므로 '있을지도' 같은 어정쩡한 표현은 곤란하다는 뜻이리라.

아이들이란 이처럼 정확하다.

아이들의 식사

아이들의 식사가 걱정이다.

가만히 보면, 튀긴 감자과자 한 봉지를 다 털어먹고도 더 먹고 싶다는 듯이 입술을 핥는다. 그러고는 콜라를 마신다.

머리가 어지럽다. 마루모토 요시오 씨 말에 따르면, 튀긴 감자과자의 원료는 감자가 분명하지만 기름은 산화되고 소금과 화학조미료에 범벅이 되어 이미 감자와는 전혀 다른 유해 물질로 변질된 것이라고 한다.

당분의 과잉 섭취는 칼슘 부족을 불러와, 몸뿐 아니라 정신까지 이런저런 문제가 생기게 한다.

아이들이나 젊은이가 좋아하는 음식, 가령 아이스크림,

햄버거, 도넛 등은 하나같이 필수 영양소가 부족한, 칼로리만 비정상적으로 높은 식품이기 때문에 이것 역시 많이 섭취하면 몸에 해롭다.

패밀리 레스토랑의 요리는 몹시 짜다. 미각은 유아기에 결정된다는데, 이런 맛이 입력되면 이후로도 간이 강한 음식만 섭취하게 된다. 어떤 분야에서 생각해도 현대의 아이들은 위험에 노출되어 있다.

나는 두 가지 제안을 하려 한다.

하나는 끝도 없는 상업주의 경쟁을 금지하는 시스템을 만들 것. 그리고 술이나 담배를 규제하듯이—이것도 충분하다고 할 수는 없지만—과자 등의 식품도 규제할 것.

구체적으로 말하면, 청량음료는 캔이든 병이든 용량이 너무 많다. 적당한 양으로 제한해야 한다. 일본의 법은 기업에 너그럽다. 소비자를 보호하기 위한 법 개정이 활발히 이루어져야 한다. 후생성*의 친기업 체질을 국민 한 사람 한 사람이 엄중하게 감시해야 한다.

또 한 가지 제안은 '식학'과를 의무교육의 필수과목으로 도입하는 것이다.

---

* 우리나라의 보건복지부에 해당하는 일본의 행정기관.

가정과처럼 손끝에서 이뤄지는 기능 교육이 아니라 먹을거리는 모두 생명이라는 근원적인 사상에서 생산 교육까지, 그리고 식품의 유통구조, 요리법, 현대영양학의 지식—몸과 마음에 좋은 식품, 나쁜 식품 같은 지식도 포함된다—등을 포함한 총체적인 '생명' 교육이 반드시 필요하다.

이것은 절박한 문제이다. 이런저런 논의만 하고 있을 게 아니라 구체적으로 행동해야 한다. 지금은 그런 시대이다.

어린이를 얕잡아 보다

〈소림사 권법〉이라는 타블로이드 판 신문이 있는데, 여기에 어린이 독자를 위한 페이지가 있다. '너라면 어떡할래? 마음껏 말해봐'가 재미있었다. 몇 가지 소개한다.

아침마다 조례가 너무 길다. 추운 지방인 군마 현의 아침은 서 있기 힘들다. 선생님은 두꺼운 옷을 입고 있다. 학생들은 교복이라서 춥다. 학생들의 건강은 눈곱만큼도 생각하지 않고 쓸데없는 말만 한다.

— 군마 현 초등5학년 하마노 요시노리

숙제를 안 해갔는데 "이유가 뭐야?" 하고 물어서 대답을 했더니, "변명하지 마!" 하고 말한다.

— 기후 현 중2 아이소 다츠야

학교 행사 '자기 속도로 달리기'를 없앴으면 좋겠다. 학교신문에 등수를 올리면 자기 속도로 달리기는 아무 의미가 없다. 등수는 관계없다고 생각한다.

— 교토 시 초등3학년 하키 주이치

아이들이라고 얕잡아볼 수가 없구나, 뼈저리게 생각한다. 아이들 말이 더 이치에 맞다.

소림사 권법[•]에서는 뭔가를 할 때 그 이치를 철저히 가르친다. 그런 훈련을 받기 때문에 상대방이 무책임한 말을 하면 당장 논리적으로 반박한다.

내가 쓴 《로쿠베, 조금만 기다려》라는 동화가 교과서에 실렸다. 아이들이 지혜를 모아 구덩이에 빠진 로쿠베라는 개를 구출하는 이야기인데, 이것이 시험에 나왔다.

• 중국의 소림사 권법과는 다른 무술로, 소 도신이라는 일본인이 창시한 무술을 가리킨다.

"로쿠베가 빠진 구덩이의 깊이는 어느 정도일까요?"

나는 한 반 아이들의 답안지를 모두 보여달라고 했다. 그 가운데 "삼 미터 사십오 센티미터"라는 답이 있었다. 다 자란 개가 자기 힘으로 뛰어오를 수 없는 깊이가 삼 미터 사십오 센티미터라는 것이다. 사실적이지 않은가?

그러나 교사는 그 대답을 인정하지 않고 오답으로 처리했다. 나는 이유를 물었다. 본문 중에 삼 미터 사십오 센티미터라는 말이 나오지 않는다는 것이 그 이유였다. 그렇다면 구덩이의 깊이를 묻는 문제에 어떤 의미가 있단 말인가. 이해할 수가 없다.

아이들은 야무지다. 앞뒤 문장을 보고 구덩이의 깊이를 추측한다. 그것도 지혜이다. 경험과 상상력으로 삼 미터 사십오 센티미터라는 깊이를 생각해낸 아이는 훌륭하다.

하나의 답, 하나의 가치밖에 인정하지 못하는 쪽이 빈곤하다.

태양이 뀐 방귀

사람은 저마다 취미가 있을 텐데, 나는 지쳤을 때 동시집을 꺼내 읽는다.

그중 한 권인 《태양이 뀐 방귀》에는 내가 쓴 글도 실려 있다.

아이들이 쓴 시를 읽고 있으면 마음이 평화로워진다. 고민스럽고 조바심 나는 일이 있어도 아이들 시를 읽으면 마음이 스르르 풀리며 느긋해지고 어느새 평온해진다. 좀 더 적극적으로 살고자 하는 힘 같은 것이 솟구칠 때도 있다.

과장이 아니다. 아이들 시를 읽고 있으면 뭔가 치유되는 느낌이다.

표제작 〈태양이 뀐 방귀〉는 호쾌한 작품이다.

태양이 뀐 방귀

태양이 방귀를 껴서
지구가 날려 갔습니다
달도 날려 갔습니다
별도 날려 갔습니다
모두 다 날려 갔습니다
그래도 우주인은 살아 있어서
장례식을 치르기 시작했습니다

— 7살, 니시즈카 에미코

지나친 억측이지만, 인간이 지금처럼 무책임한 삶을 산다면 이런 미래를 맞을 거라고 경고하는 것일지도 모른다.

결혼

아빠랑 엄마는
연애결혼했다고 한다
아빠는 성실하게
지금까지 월급봉투를
한 번도 안 열어보고
통째로 가지고 온다

엄마가 아빠를 좋아하게 된 건
아빠가
나에게 당신은 인생이라는 항로의 등대라오
라는 편지를 썼는데
그래서 결혼했다고 한다
그러니까 나는 등대의 아이입니다

— 일곱 살, 세키구치 히데히코

아이들은 꾸며서 말하지 않는다. 그렇기 때문에 상냥
한 마음이, 눈빛이 전해진다.

우리 어른들이 아이들한테 도저히 못 따라가는 것이
하나 있다. 감수성이다.
인생 경험이 부족한데도 때로 어른을 깜짝 놀라게 하
는 글을 쓰는 것은 그 때문이다.

아빠

아빠는
쌀집을 하는데
아침에 빵을 먹는다

— 여섯 살, 오오타니 마사히로

아빠

아빠가 늦게 와서
엄마가 화가 나서
집에 있는 문을
모두 잠가버렸습니다
그런데
아침에 보니까

아빠는 자고 있었습니다

                    — 여섯 살, 야나기 마스미

  아이들이 없다면 지구는 그저 차가운 흙덩어리일 뿐입
니다, 하고 말한 시인이 있었다. 공감이 간다.

사키마 미술관

오키나와 기노완 시 우에하라에 사키마 미술관이라는 개성 넘치는 미술관이 있다. 이 미술관 바로 옆은 이번에 반환받게 된 후텐마 미군 기지이다.

미술관이 서 있는 땅도 원래 기지 내에 있었다. 이번에 처음 안 사실인데, 미군은 필요 없어진 땅을 그때그때 조금씩이나마 반환하고 있었다.

미술관 관장인 사키마 미치오 씨도 그렇게 조상의 땅을 돌려받았다. 그는 그 땅의 사유화를 거부했다. 기지로 오염된 땅을 문화로 정화하겠다고 생각한 것일까.

미술관을 짓게 된 계기는 마루키 이리, 마루키 도시 부부의 그림 〈오키나와 전도〉이다. 사키마 미치오 씨는 그 그림을 오키나와에 두고 싶다는 부부의 뜻을 어떻게든 살리고 싶었다.

미술관을 지은 것은 오키나와의 건축가 마키시 요시카즈 씨이다.

"오키나와의 문화는 단절되거나 고립된 문화가 아니다. 둥글게, 모든 것을 감싸안는 문화이다. 그러므로 이 미술관은 기도를 올리는 우타키*도, 가메코바카**도, 곡식을 생산하는 논밭도 모두 한 원 안에 있다."

그는 태양까지 그 원 안에 넣었다.

하짓날은 오키나와 전몰자를 기리는 '위령의 날'과 겹친다. 그날, 미술관의 중심축―옥상 계단이 건물의 중심축을 따라 마치 하늘로 올라가는 것처럼 설계되어 있다―위로 해가 진다.

전국에 미술관은 많지만 이런 사상을 가진 미술관은 이곳뿐이다. 지은 지 겨우 이 년밖에 안 되었지만 이날 사람

• 오키나와의 마을 성지. 대부분 숲이며, 일본의 종교의식이자 축제인 마츠리도 여기서 한다.

•• 묘실 지붕이 거북 등처럼 둥근 오키나와 특유의 무덤 양식.

들이 해를 보러 모여든다고 한다. 웅장하면서도 따뜻함이
가득한 공간이다.

　팸플릿에는 다음과 같이 쓰여 있다.

　독창적인 건물은 후텐마 미군 기지를 밀어내고 낮고
고요하게 서 있습니다. 전시실 세 곳은 케테 콜비츠, 우
에노 마코토, 마루키 이리, 마루키 도시, 조르주 루오 등
의 작품이 전시된 따뜻한 공간입니다. 작품들의 주제는
삶과 죽음, 고뇌와 구원, 전쟁과 인간으로 통일되어 있습
니다.

희망

이 연재를 불과 얼마 전에 시작한 것 같은데 벌써 막바지다. 신문 연재는 수필이든 소설이든 독자의 반응이 있기에 글 쓰는 사람에게 큰 힘이 된다는 기쁨이 있다.

이번에도 그랬다. 수많은 편지를 받았다. 감사하다는 말씀을 드리고 싶다. 그중 하나를 소개하면서 이 연재를 끝맺을까 한다.

아이들의 식사를 걱정하면서 의무교육에 '식학'과를 만들어야 한다고 제안하고 얼마 뒤, 학교 영양사 직원분이 소식을 보내왔다.

편지와 함께, 신문 기사 오려낸 것과 〈급식 냠냠 노트〉라는 제목의 책자 몇 권이 있었다.

신문 기사는 '논설'이었는데, 하이타니 겐지로 씨의 제안은 얼핏 들으면 황당하다고 느끼지만, 요즘 아이들의 식생활을 생각하면 그저 흘려들을 수 없는 내용이라며 도스 시 아사히 초등학교의 영양교육을 소개하고 있었다.

아사히 초등학교는 문부성의 '영양교육 추진 시범사업' 지정학교이다.

편지 내용은 다음과 같다.

……비록 정부에서 지정한 시범학교이긴 해도 현장에서 일하는 사람들의 노력으로 지금까지보다 융통성 있게 대처할 수 있게 되었다는 것을 알려드리고 싶어 펜을 들었습니다.

〈급식 냠냠 노트〉는 식사시간에 아이들에게 말을 거는 형식을 띠고 있었다. 강압적이거나 딱딱하지 않은, 유머로 가득한 명문이어서 감탄하지 않을 수 없었다.

남동생이랑 싸울 때마다 '누난 고구마야!'라는 말을 듣고 '고구마라니, 촌스러워' 하고 생각했는데, 고구마를 다시 봤다. '고구마는 비타민C가 풍부해. 열에 강한 비타민C야.' 급식 선생님한테 들은 말. 저학년 아이들이 키운 '고구마', 그걸로 만든 '고구마파이'. 맛있는 파이 냄새가 나니까 남동생이 생각났다. 어제 싸운 일은 용서 해주자!

편지를 보낸 사람도 유머가 있었다. 얼마 전 출판된 내 책을 이야기하면서 "……영양사가 나오지 않는 건 아쉬워 요…… 하이타니 겐지로 선생님은 소설 속에 등장시키고 싶은 영양사를 아직 못 만나서 그런 거라고 생각합니다"라 고 써 놓았다.

소다 선생님

"이놈, 그런 짓 하면 안 돼."

뭔가 하고 있는데, 지독한 사투리로 그런 말이 들렸다. 무슨 말이지? 고베에서 태어나 고베에서 자란 나는 당시에 외국어라도 듣는 기분이었다.

오카야마 생활은 불안했다. 간신히 전쟁이 끝났나 싶었는데, 죽순 벗겨 먹는 생활—옷가지나 살림살이 등을 차례차례 팔아서 식량으로 바꾸는 가난한 생활—이라는 말처럼 지독한 식량난이 덮쳐왔다.

옥수수 가루, 야자 전분, 밀 껍질, 쌀겨 같은 것을 먹고 살았다. 채소라고는 고구마 줄기와 잎뿐이었다. 말 그대로 가난한 살림에 자식 많은 집안이었던 우리 집은 고베에서는 도저히 살아갈 길이 막막해서 오카야마의 미즈시마로 대피했다.

집단 대피에서 이제 막 돌아왔는데, 먹고살기 위해 또다시 집을 떠나야 했던 것이다.

오카야마에서 처음 사귄 친구였던 이케다가 말했다.

"소다 선생님은 진짜 무서워."

소다 선생님은 내가 편입한 시후쿠 초등학교 5학년 담임이었다. 유도 유단자인 데다, 덩치가 크고 체구가 탄탄해서, 이케다의 말에 수긍이 갔다.

숙제를 안 해가면 반 아이들 모두가 벌을 받았다. 어깨를 꽉 붙잡고 비틀곤 했는데, 진땀이 날 정도로 아팠다.

처음에 나는 너무 무서워서 오줌을 지려버렸다. 두 번째부터 나한테는 힘을 적당히 조절하는 것 같았다. 그저 무섭기만 한 선생님은 아니라는 것을 점차 알게 되었다.

"겐지로는 글을 잘 쓰는구나."

그렇게 말하고 모두 앞에서 내 글을 읽어주기도 했다.

지금도 선명하게 기억나는데, 암시장을 묘사한 내용으로, 한 남자가 고구마 꼭지를 버리는 것을 보고 나 같으면 꼭지까지 다 먹었을 텐데…… 하고 중얼거리는 내용이었다.

"진심이 담긴 좋은 글이야."

소다 선생님은 그렇게 말했지만, 사실 오로지 고구마를 먹고 싶다는 생각에 그 글을 쓴 것이므로, 소가 뒷걸음치다 쥐를 잡은 격이라고 할 수 있겠다.

그런데 우리 가족에게 엄청난 사건이 덮쳤다.

고베에 남아 미츠비시 조선소에서 일하던 아버지와 큰형이 고베 전철 탈선사고로 다친 것이다. 목숨은 건졌지만 둘 다 중상을 입었다.

어머니는 허둥지둥 고베로 달려갔다.

우리 다섯 형제에게 남겨진 식량은 보리 다섯 홉 정도가 전부였다.

어머니는 언제 돌아올지 몰랐다. 우리는 보리를 오 등분해서 한 홉을 삶은 다음, 그것을 다시 삼등분해서 죽으로 만들어, 나눠 먹었다. 한 사람이 과연 몇 칼로리를 먹었을까. 한창 자랄 나이의 아이들이었다. 턱없이 부족했다.

그런데 학교에 가 있는 동안 동생이 죽을 모조리 먹어버렸다. 이제 아무것도 없다. 어머니는 돌아오지 않는다. 배고파…… 하고 여동생이 운다. 다들 눈동자만 번득이며 다랑어처럼 방바닥을 뒹굴었다.

둘째 형이 밭에 도둑질을 하러 가자고 했다. 응, 하고 나는 고개를 끄덕였다.

어둠을 틈타 학교 뒤편 옥수수 밭으로 숨어들었다. 옥수수를 줄기에서 뜯어낼 때 빠직빠직 소리가 났다. 그때마다 심장이 얼어붙는 것 같았다.

숙직실에 불이 켜졌다.

"형……"

형은 정신없이 옥수수를 뜯어 품에 그러안느라 내 목소리를 듣지 못하는 것 같았다. 조심하라고 주의를 주려고 형의 어깨를 붙잡으려 했다.

"이놈!"

심장이 튀어나올 듯이 뛰었다.

형은 도망가려고 했지만 나는 다리가 굳어버렸다.

모습을 드러낸 것은 소다 선생님이었다.

딱 죽고 싶다는 말이 있는데, 그때의 절망감은 그야말로 당장 죽음을 받아들이고 싶은 심정이었다.

하지만 소다 선생님은 나무라지 않았다.

교무실에서 소다 선생님이 말했다.

"무슨 일이야. 이유를 말해봐."

나는 울면서 더듬더듬 이유를 말했다.

"그래. 힘들었겠구나."

소다 선생님은 말했다. 형도 울기 시작했다.

"좀 기다려. 누구든 등교하면 우리 집으로 가자."

소다 선생님의 집은 옛날 집이었다. 커다란 곳간이 있고 안뜰도 넓었다.

소다 선생님은 당시에는 보물과도 같았던 흰 쌀밥을 내놓으며 말했다.

"실컷 먹어."

돌아갈 때에는 쌀과 벌꿀을 들려 보냈다.

그로부터 사십 년 가까운 세월이 흘렀다.

오카야마 텔레비전 방송국 주최로 작가인 우에노 료 씨와 이마에 요시토모 씨, 그리고 내가 초대되어 공개 좌담회를 하게 되었다.

대기실에서 잡담을 나누고 있는데 하이타니 선생님, 손님 오셨어요, 하고 관계자가 말했다.

복도로 나가니 키 큰 노인이 서 있었다. 노인은 내 얼굴을 보자마자 큰 소리로 말했다.

"나다. 소다. 기억하겠냐?"

"소다 선생님……"

나는 말문이 막혀버렸다. 잊어버릴 리가 없었다.

지금 생각해도 신기한 것이, 나는 잊을 리가 없는 게 당연하지만 소다 선생님이 나를 기억하고 있었다는 것을 어떻게 이해하면 좋을까.

　겨우 몇 달 동안의 만남일 뿐이었다. 나는 수많은 제자 가운데 하나에 지나지 않는다. 사십 년 가까이 지난 지금 나를 찾아왔다는 것은, 내가 글을 쓰기 시작하고 얼마간 세상에 이름이 알려지게 되었을 무렵부터 저 사람은 내가 가르친 아이이다, 라고 알아보았다는 말이 된다.

　나는 가슴이 먹먹해져 말없이 소다 선생님의 손을 꼭 잡았다. 소다 선생님은 미즈시마 해운이라는 회사를 만들고 이사직을 맡고 있었다.

　좌담 첫머리에, 나는 소다 선생님과의 만남, 나의 비밀을 청중들에게 말했다. 소다 선생님께 잠깐 일어나주십사 요청했다.

　청중들의 박수가 일고, 박수 소리는 끝없이 이어졌다.

야마카즈 씨와 야마히로 씨

우리는 그 둘을 야마카즈 씨, 야마히로 씨라고 불렀다.

야마모토 가즈이치, 야마모토 히로시게라는 이름을 두고 선생님을 그렇게 부르는 것은 예의에 어긋나지만, 친근감이 담겨 있다고 느낀 두 사람은 전혀 개의치 않았다.

지금은 없어졌지만 고베 시립 미나토 고등학교라는 곳이 내가 다니던 야간학교이다. 그 시절에는 다들 야간학교라고 불렀다.

중학교를 졸업하고 바로 진학한 나 같은 귀여운(?) 학생도 있었지만 대부분은 이런저런 사정으로 고등학교에 진학하지 못하고 사회에 나가 일을 하다가 일과 학업을 병행하기로 마음먹고 입학한 사람들이었다.

야마다 요지[*] 씨의 영화 중에 〈학교〉라는 작품이 있는데, 그런 분위기를 상상하면 거의 비슷하다.

낮 동안 하는 일도 다양해서, 철도 기관사, 점원, 트럭 운전사, 공무원, 전화 교환원, 공장 노동자, 조금 드물게는 간호사 등이 있었다.

물론 연령도 다양했는데, 중학교 때 배운 것 정도는 까마득한 옛날에 잊어버린 사람도 많았으니, 선생님들 고생이 이만저만이 아니었으리라.

야마카즈 씨는 교토 대학 출신이었다. 표정은 조금 어두웠지만 늘 시원시원했다. 야마히로 씨는 리츠메이칸 대학 야간학부를 나온, 힘들게 일하면서 학업에 힘쓴 선비 같은 사람이었다. 굳이 말하자면 외모는 볼품없었지만, 야마카즈 씨와 함께 학생들의 인기를 받고 있었다.

둘 다 국어 담당이었고 문학청년이라는 공통점이 있었다.

처음에 나는 수재 타입인 야마카즈 씨에게 반항적이었다. 인간에게는 문학이나 미술을 즐기는 고상한 자질이 있

• 서민의 애환을 다룬 코미디물 〈남자는 괴로워〉 시리즈 등을 만든 영화감독. 〈학교〉는 야간중학교를 배경으로 한 영화이다.

<u>으므로……</u>라는 말이, 딱 걸렸다. 문학이나 미술 이야기를 하면 고상하고 먹는 것이나 여자 이야기를 하면 속물이냐고 따져 물었다.

야마카즈 씨는 대단한 교사였다. 그 수업 한 시간을 모조리 써서 나의 이른바 말꼬리 잡기를 정면으로 받아주고 이런저런 대화를 나누었다.

그뿐이 아니었다. 강연회나 대학의 공개 강연에 곧잘 데려가 주었는데, 지금 생각나는 대로 꼽아봐도 다케우치 요시미, 구와바라 다케오, 사타 이네코, 하세가와 시로, 아베 고보 등 강연자들의 면면이 화려했다.

다케우치 요시미는 루쉰을, 구와바라 다케오는 현대 하이쿠비평 제1예술론을, 사타 이네코는 자신의 작품을, 아베 고보는 히스테리에 대해 이야기했던 것을 단편적이나마 지금도 기억하고 있다. 하세가와 시로는 강연 내내 '아' 또는 '음' 하는 감탄사를 연발해서, 뭐 저런 아저씨가 다 있나 어이없어하기도 했지만 청중에게 알랑거리지 않는 태도에 감탄하기도 했다.

고야산 대학*의 여름 공개 강연에는 야마카즈 씨와 야마

* 일본 불교 진언종계 대학.

히로 씨가 함께 나를 데려가 주었다. 야마히로 씨가 밤에 술을 마시지 않으면 잠이 안 온다고 하길래 선생님, 안 돼요, 여긴 절이라고요, 억지 부리지 마세요, 하고 내가 말했다. 야마카즈 씨가 씩 웃더니 어디론가 사라졌다.

그는 찻주전자와 찻잔을 들고 나타났다. 야마카즈 씨가 말했다.

"바보. 절에 술은 없지만 예부터 반야탕*은 있거든."

우리는 이불 밖으로 얼굴만 내민 채 반야탕을 돌려가며 마셨다.

야마히로 씨와는 개인적으로도 친분을 쌓았다. 야마히로 씨는 아내가 몸져눕자 살림을 돕기 위해 낮 동안 과일가게를 돌보았다. 나는 휴일이나 시간이 날 때면 가게 일을 도우러 갔다. 굉장히 한산한 가게로, '떨이'라고 써놓은 흠 있는 과일 더미만 잘 팔렸다.

야마히로 씨가 투덜거렸다.

"이런 건 암만 팔아도 소용이 없어. 원가도 못 건진다고."

과일가게는 돈벌이가 안 돼, 라고도 하길래, 그럼 왜 돈

----

* 승려들의 은어로 '술'을 뜻한다.

벌이가 안 되는 과일가게를 시작했어요? 하고 묻자 쑥스러
워하며 대답했다.

"가지 모토지로의 《레몬》*을 읽은 게 운이 나빴던 거지."

그는 머리부터 발끝까지 철저한 문학청년이었다.

밤에는 과일가게 이 층에서 대학 입시를 위해 한자를 배
웠는데 가게가 한산하다 보니 문학 이야기를 곧잘 나누었
다. 가게가 한산한 덕분에 내가 득을 본 셈이다.

그 무렵 야마히로 씨는 노마 히로시에 빠져 있어서 《어
두운 그림》이나 《붕괴감각》 등에 대한 이야기는 귀에 딱지
가 앉도록 들었다.

얼마쯤 시간이 지난 뒤에 읽은 《진공지대》**는 재미있었
지만, 당시의 나는 야마히로 씨가 왜 그 작품을 두둔하는지
알 듯 모를 듯 묘한 기분이었다. 고뇌하는 좌익의 모습이
멋지다고 느꼈지만 그런 말은 꺼내지 못했다.

"노마 히로시가 다니자키 준이치로***에게 빠진 시기가

• 알 수 없는 불안에 시달리던 젊은이가 과일가게에서 산 레몬 덕분에 불안
  감을 해소한다는 내용의 소설.
•• 노마 히로시의 소설.
••• 전통주의와 에로티시즘을 특징으로 하는 탐미주의 작가.

있었다는 게 재미있어."

야마히로 씨의 그 말 때문에 나는 곧바로 다니자키 준이
치로를 읽었다. 준이치로는 정말로 재미있었다. 중독되겠
다고 생각했다.

야마히로 씨는 문학에서 고민하는 것과 실제 생활에서
고민하는 것이 똑같구나, 하는 확신이 들었다.

감히 확신했다고 말하는 것은 예의가 아니지만, 실제로
그런 부분이 있었던 것은 분명하다. 학생인 나에게 그는 그
것을 꾸밈없이 그대로 보여주었다. 그런 점들이 내게는 매
력적으로 보였다.

요즘은 그런 교사가 거의 없다.

"산다는 건 힘든 일이야. 남에게 도움이 되는 건 더 힘든
일이고. 인간에겐 자아도 있고 욕심도 있으니까."

추운 날 밤, 사과를 닦으며 야마히로 씨는 중얼거리듯 말
했다.

나는 그런 야마히로 씨의 얼굴을 차마 쳐다볼 수 없었다.

인생은 현재가 중요하다

야간고등학교 시절, 나는 낮 동안의 직업을 여러 번 바꾸었다. 주요한 것만 꼽아봐도 땅콩가게 심부름꾼, 항만 노동자, 조합 서기, 인쇄소 수습사원, 전기 용접공 등 다양하다. 입에서 불을 뿜는 인간 고질라가 되어 가게 선전 일을 한 적도 있다.

가장 오래한 일은 전기 용접공이다. 영국 로이드 선박협회가 인증하는 2급 면허증도 갖고 있다. 처음부터 용접공이었던 것은 아니고, 먼저 미츠비시 고베 조선소의 하청회사인 사카모토구미 지배인의 조수로 일했다. 노동자를 알선하고 사무를 돕는 일이었지만, 그런 일은 별로 많지 않아서, 일이 없을 때에는 용접봉 동강을 주우러 다녀야 했다.

집게에 끼워 쓰는 용접봉은 끝까지 쓸 수가 없다. 남은 동강은 상자에 넣어 가져오는 것이 규칙이지만 다들 귀찮아서 아무 데나 던져버리는데, 그걸 줍는 것이다. 그 일은 정말 하기 싫었다. 넝마주이가 된 기분이었다.

사카모토구미는 철공과 용접공을 알선하는 일을 했는데, 우리는 사외공이라고 불렸다. 사장이 대학 학비까지 대줄 테니 졸업하면 회사의 경리 일을 하지 않겠냐고 제안했다. 나는 얽매이는 게 싫다며 그 제안을 거절하고 현장으로 보내달라고 부탁했다.

사실은 돈에 눈이 뒤집혀 있었다. 전기 용접공은 작업량만큼 돈을 받는 '우케토리'라는 임금제로 운영되기 때문에 아무런 보장을 못 받는 대신, 작업량에 따라 엄청난 돈이 되었다. 그걸 노린 것이었다.

물론 처음에는 우케토리 임금을 받을 수 있는 기술이 없었으므로 간단한 가고정 용접*을 했다.

기둥 양쪽 끝에 거적을 늘어뜨려 안을 볼 수 없게 한 뒤에 "여기서 공부해" 하고 말해준 동료가 있었던 것도 그 무

---

* 용접 전에 용접할 부재들을 고정하기 위해 군데군데 미리 해두는 용접.

렵이었다.

붕장어 낚시에 따라간 적이 있는데, 낚이지 않자 "붕장
어는 안 낚이니 여자나 낚으러 가야겠다"고 말하며 유곽으
로 가버렸던 일.

나도 갈래요, 했다가 "너는 공부를 할 사람이니까 안 돼"
하고 거절당했던 일. 모두 그 무렵의 이야기로,《내가 만난
아이들》에 자세히 썼다.

나는 손재주가 있는 편이고 감도 그럭저럭 나쁘지 않았
다. 금세 실력이 늘었다. 용접으로 메워야 하는 골에 약품
을 잔뜩 떨어뜨린 용접봉 심지를 늘어놓고 강한 전기로 단
번에 녹이면, 용접 부분에 바람구멍이 생겨 불량품이 되지
만 들키지 않으면 큰 벌이가 되었다. 때로 그런 나쁜 짓도
했다. 내가 용접한 기둥이 크레인 차로 운반되어 나갈 때는
그 밑으로 날쌔게 지나가곤 했다.

엄청나게 요란한 사이렌이 울리면 우리는 하우스라고 부
르던 숙사로 돌아갔다.

감옥의 식사와 다를 바 없는 식사를 했는데, 본사 노동자
들의 식당은 그나마 형편이 나았다. 그런 차별이 내 마음을
어둡게 했다.

그 일로 불평을 하자 동료가 말했다.

"너 참 피곤하게 산다. 대신 우리는 돈벌이가 더 낫잖아. 화끈하게 놀 수 있는 건 우리야. 인간은 현재가 중요하다고. 지금 고생해서 나중에 조금 편해지는 게 뭔 소용이야? 그냥 가는 거야, 그냥!"

나는 마음이 조금 가벼워져 응, 응 고개를 끄덕였다.

아이돌이라는 것이 있었다. 외부 작업이 예정되어 있는데 비가 와서 못하게 되면 그날은 임금의 칠십 퍼센트를 받고 그냥 퇴근해도 되는 것이었다. 그럴 조짐이 보이면 동료들은 내게 가장 먼저 말을 건넸다.

"겐지로, 오늘 너 아이돌 되면 할 거야?"

"응. 근데 나, 오늘은 외부 작업이 없는데."

"걱정 마, 걱정 마. 내가 다 알아서 조정해놨으니까."

"그럼, 부탁할게."

아이돌로 조선소 밖으로 나갈 때면 말할 수 없이 기뻤다.

땡땡이를 치고, 또 그날 번 돈을 그날 다 쓰는 것을 배우고 그걸 몸에 익히면서, 나는 인생에서 꽤 큰 이득을 보았다고 생각한다. 성실하게 돈을 모으라고 배웠다면 아마 나는 이미 죽고 없을 것이다.

같은 조선소에서 일하면서 같은 야간고등학교를 졸업한 친구 가운데 요지라는 친구가 있었다.

천리교 집안 아들로, 내 눈이 검은 동안 반드시 겐지로를 신도로 만들겠어, 하고 말했지만 그전에 그의 눈이 먼저 희어졌다. 신의 가호를 받지 못하고 서둘러 수명을 다한 것이다. 그래서 나는 천리교 신자는 되지 않았지만 천리교에 친근감을 느낀다.

그 요지가 여름방학 때 헐레벌떡 뛰어왔다.

"겐지로, 겐지로, 굉장해!"

"뭐가?"

"아베 도모지˙가 네 시를 칭찬했어. 요시다가 전화했더라."

요시다는 동료 문학청년이었다. 당시 아베 도모지는 히메지에서 공부 모임을 열고 있었는데, 요시다가 마츠다라는 선배와 함께 그 모임에 참가했다가 굉장히 흥분해서 돌아왔다는 것이었다.

우리는 아베 도모지의 《겨울집》을 읽고 본능과 충동만으로 살아가는 듯한 가몬이라는 인물을 두고 기탄없는 대화를 나누었다. 그 아베 도모지가 말을 걸어주었으니, 요지가 흥분하는 것도 무리가 아니었다.

• 일본의 작가, 평론가.

나도 흥분했다.

"뛰어난 프롤레타리아 시구나, 그렇게 칭찬했대."

나는 요시다 들과 동인지를 펴내고 있었고, 거기에 내 시를 실었는데, 그걸 요시다가 아베 도모지에게 보인 것이 리라.

여름휴가 때여서 옆에 동료 용접공들이 있었다.

"뭔데, 뭔데?"

저마다 물었다.

요지가 잔뜩 으스대는 얼굴로 설명했다.

"시라고? 그게 밥 먹여줘?"

"시인은 가난하다잖아. 너, 가난뱅이 되려고 공부하는 거야? 집어치워, 집어치워."

"돈을 모으고 나서 시를 쓰는 건 어때? 그게 맘 편해."

"이 녀석들 말 듣지 마. 재능은 살려야지. 내가 응원할 게."

믿음직한 의견이었지만, 그 친구는 회사에 가불을 가장 많이 하는 녀석이었다.

산초어 山椒魚 *

교사가 되어 처음 부임한 곳이 묘호지 초등학교였는데,
다이노하타, 시로카와와 함께 3대 오지 학교로 놀림받는
곳이었다. 고베 시 스마 구에 있는 학교였는데 당시에는 셋
다 산속에 있었다.

사실인지 아닌지는 알 수 없지만, 임용시험 성적이 나쁜
사람부터 그 외진 학교에 배정된다는 말을 들은 적이 있다.
나중에 어린이시 교육으로 기타하라 하쿠슈 상을 받은 가
시마 가즈오는 시로카와 초등학교였으니까, 그해 고베 시

* 도롱뇽의 별칭.

144

교사 임용시험을 본 사람 중에 꼴찌에서 일등, 이등이 가시마 가즈오와 나인 셈이다.

명예로운 일이라고 해야 할까……? 무엇보다 입시경쟁이 치열한 도심 학교의 번잡함과 속박에서 벗어나 느긋한 신참 교사 생활을 보낼 수 있어서 좋았다.

1학년 두 반, 교직원 열여섯 명의 규모로, 젊은 나이였던 나는 다른 사람의 숙직까지 대신해주면서 학교를 내 집처럼 여기며 지냈다.

내가 그런 생활을 할 수 있었던 것은 히라오 씨라는 사무직원 덕분이었다. 또 다른 사무직원 한 사람은 몸이 약해서 대개는 히라오 씨가 학교 숙직을 섰기 때문에 자연스레 나와 콤비가 되었다.

히라오 씨는 말수가 적었지만 늘 온화한 미소를 띠었고 항상 몸을 움직였으며 겉과 속이 한결같았다. 몸을 움직이는 것, 일하는 것을 정말 좋아하는 사람이었다. 다른 사람 이야기도, 쓸데없는 이야기도 하지 않았고 잘난 체하는 구석이 전혀 없었다. 히라오 씨도 인간이니 이런저런 시행착오도 겪었을 것이다. 대체 언제, 어디서 그것들을 끊어냈을까. 이 나이까지 살면서 수많은 사람을 만났지만 히라오 씨 같은 유형의 사람은 본 적이 없다.

나는 거의 날마다 아이들을 학교에서 재우고 목욕을 시키고 함께 밥을 지어 먹었다. 아이들뿐 아니었다. 낮에 일을 다니는 어머니들을 모아 학부모 간담회랍시고 밤늦도록 이야기를 나누었다. 히라오 씨는 단 한 번도 싫은 내색을 한 적이 없었다. 오히려 벙글벙글 웃으며 자기 자식이라도 되는 양 나를 지켜보곤 했다.

후지모토라는 교사도 있었다. 식물분류학의 대가로, 그 분야에서 이름이 알려진 사람이지만 나 못지않게 장난기 많은 성격으로, 무엇이든 관심을 갖고 깊이 몰두했다. 어디에서 박제 기술을 배웠는지, 부탁받은 게 있으면 밤에 학교에 들고 와서 메스를 휘둘렀다.

"겐지로 씨, 배워볼래요?"

무슨 대답이 필요하랴. 복어 박제부터 시작했는데, 이건 워낙 여러 번 했기 때문에 지금도 해낼 자신이 있다.

가장 많았던 건 조류이다. 까마귀, 갈매기, 솔개, 매, 그리고 물떼새 같은 작은 새도 박제했다. 매 같은 맹금류는 박제하기 쉽고 갈매기처럼 지방이 많은 새는 자칫 표피를 잘라버리기 쉽기 때문에 까다로웠다. 남쪽에서 냉동시켜 가져온 산초어를 박제한 적도 있다.

박제를 하는 날 밤은 어김없이 속살을 안주 삼아 술잔치를 벌였다. 후지모토 씨와 히라오 씨는 집도 가까워 서로 허물없는 사이였는데, 후지모토 씨가 늘 부려먹는데도 히라오 씨는 언제나 싱글벙글 웃으며 장난꾸러기를 어르듯이 대했다. 히라오 씨는 술 한 잔이면 얼굴이 새빨개졌는데, 그럴 때면 푸근한 웃는 얼굴이 더욱 흐물흐물해졌다.

한번은 족제비 박제를 부탁받았다. 죽은 뒤에도 항문선을 자르면 지독한 냄새가 난다고 주의를 받았음에도 나는 그만 그곳에 메스를 대고 말았다. 그야말로 강렬한 냄새였다. 도저히 말로 표현할 길이 없다. 코를 찌른다는 말이 있는데, 그보다 훨씬 더 훨씬 더 심했다. 눈물 콧물이 쏟아지고, 구역질이 올라왔다. 우리는 운동장 한복판으로 달려나가 꽤액꽤액 토했다. 그 뒤치다꺼리를 해준 사람도 히라오 씨였다.

우리의 장난은 점점 심해졌다. 학교에 수족관이 있었는데, 거기에 허가를 얻어 기르는 천연기념물 산초어 네 마리가 있었다. 그놈을 어떻게든 먹고 싶었다. 가즈오의 《진짜 이야기 이시카와 고에몬》에 나오는 산초어 먹는 장면 묘사가 워낙 빼어나서, 거기에 자극을 받은 것도 있었다.

나는 후지모토 씨와 계획을 짰다. 밤에 가장 큰 놈을 끌어내 대나무막대로 반죽음을 만들었다. 물론 히라오 씨가 보는 앞에서 하지는 않았다.

이튿날 아침, 배를 보인 채 떠 있는 녀석을 교장에게 보였다.

"병에 걸린 겁니다. 빨리 격리시켜야 해요. 병이 전염될 겁니다."

전염은 무슨.

그날 밤도 술잔치를 벌였다. 산초어 껍질을 벗겨 불에 구웠다. 단 가즈오의 《진짜 이야기 이시카와 고에몬》에서는 회로 떠서 먹었지만 후지모토 씨가 기생충이 있을지 모른다고 해서 굽기로 했다.

산초어 고기는 신기했다. 아무리 구워도 물이 뚝뚝 떨어졌다. 노르스름한 색을 띨 무렵이 되자 고기가 상당히 작아졌다.

히라오 씨에게 권했다.

"먹을래요?"

"나는 됐어요. 병든 거잖아요. 두 사람도 몸 생각해서 안 먹는 게 좋아요."

그래서 히라오 씨에게 자초지종을 설명했다.

"그럼…… 먹을 거예요?"

히라오 씨가 말했다.

"먹어야죠."

그런데 도롱뇽을 왜 산초어라고 부르는 걸까? 딱히 산초 냄새는 나지 않던데……

저도 암이라더군요

뜻한 바가 있어 아와지 섬 산촌에 들어가 농사일 시늉을 시작한 것은 사십대 때였다. 효고 현 츠나 군 호쿠단 초 구로타니라는 곳인데, 현지 사람들은 고츠사라고 부른다. 아와지·한신 대지진의 진원지로, 내 집도 적잖이 피해를 입었다.

원래 여름밀감 밭이었는데 여름밀감이 팔리지 않아 버려둔 땅을 빌려 집과 밭을 만들었다. 집은 남의 손에 맡겼지만, 밭은 나의 농사일 스승인 와키모토 씨와 함께 땅을 일구는 일부터 땀을 쏟으며 만들었다. 그래서 그 밭에는 갑절로 애착이 간다.

헉헉거리며 여름밀감나무 뿌리를 일구고 있는데, 와키모토 씨가 말했다.

"선생님, 벌써 해가 서쪽으로 기울었어요. 농사일은 그렇게 선생님처럼 사흘에 할 일을 하루에 해치우듯이 하면 몸이 배겨나질 못해요."

옳은 말이라고 생각했다. 밭일은 의욕을 앞세우면 지치기만 할 뿐 딱히 진척이 없다. 남의 눈에 지나치게 느긋하다 싶게 보이는 게 딱 좋다.

"밭일은 배우기보다 익숙해져야 해요."

와카모토 씨는 그런 말도 했는데, 이 말도 차츰 이해하게 되었다.

처음에 이랑 만드는 것이 너무 어려웠다. 줄을 대고 똑바로 만들려고 한 적도 있었다. 땀범벅이 되어 만드는 내 고랑은 너무나 볼품이 없는데, 숨소리 한 번 내지 않는 와키모토 씨의 고랑은 자연스럽고 아름다웠다.

"왜 이렇게 다른 걸까?"

나는 한숨을 쉬었다.

일을 하다 보니 점차 비결을 알게 되었다. 나는 흙을 거스르고 있었다. 힘으로 흙을 들어올리려고 한 것이다. 힘을 써서는 안 된다.

괭이를 쓴다고 하는데, 사실은 괭이를 쓰는 게 아니다. 흙 쪽에서 괭이에 붙어온다는 느낌이어야만 비로소 아름다운 고랑이 만들어진다.

그러나 말로 들어서는 이해하지 못한다. 감으로 느끼고 몸으로 익히는 수밖에 없다. 배우기보다 익숙해져야 한다는 표현이 그것을 단적으로 드러내는 말이리라.

내 집 현관 앞은 내 밭이지만 집 뒤쪽은 이케모토 씨네 밭이다. 그곳은 이케모토 씨 노부부가 맡고 있는지 젊은 부부가 밭일을 하러 오는 일은 거의 없었다.

나는 꽤 일찍 일어나는 편인데도 침대에서 노부부의 괭이질 소리를 듣는 날이 많았다.

탁, 탁, 탁, 흙 속의 돌에 괭이 날 부딪치는 소리가 느릿느릿 규칙적으로 들린다. 창문을 열고 인사한다.

"좋은 아침입니다."

할아버지는 고개를 살짝 숙이고 좋은 아침입니다, 하고 정중하게 인사한다. 할머니는 머릿수건을 벗고 깊이 고개를 숙이며 좋은 아침입니다, 하고 인사를 건네신다. 나는 허둥지둥 깊이 허리 숙여 좋은 아침입니다, 하고 두 번째 인사를 한다.

노부부는 늘 함께이다. 차분하게, 이야기를 나누는 듯 나누지 않는 듯한 느낌으로 항상 꼭 붙어 있다.

　가끔 잠깐씩 쉰다. 그때 나는 노부부와 이야기를 나눈다.

　할아버지의 몸속에는 암세포가 함께 살고 있다. 함께한 지 벌써 오래다.

　두 사람은 천리교도이다. 딱히 숨기지 않았지만 본인들 입으로 남한테 그 사실을 말하지도 않고, 포교 비슷한 것도 전혀 하지 않는다. 남에게 피해를 주지 않는 종교—이 말은 어딘지 이상하다. 원래 종교란 남에게 피해를 주지 않는 것이라고 생각한다—는 괜찮다.

　할아버지는 신께서 목숨을 구해주셨다고 늘 말한다. 메스보다 신을 믿을 수 있는 것이 훨씬 좋다.

　나는 바보 같은 질문을 했다.

　"밭일 잘하는 비결 같은 건 없습니까?"

　"그런 건 없어요. 밭에 있는 녀석들에게 선생님의 발소리를 되도록 많이 들려주세요."

　찌릿찌릿 온몸에 전율이 일었다.

　밭에 있는 것은 모두 생명이다. 노인은 그런 마음으로 오랜 세월 밭의 생명들과 함께해온 것이다.

　건강 이야기를 하던 중에, 할머니가 문득 아무렇지도 않게 말했다.

"저도 암이라더군요."

"네?"

나는 그대로 말문이 막혀버렸다.

무슨 말을 해야 좋을까. 아무 말 하지 않는 게 나을까. 도통 알 수가 없었다. 나는 깜짝 놀라고, 할머니는 한없이 평온하다.

"나이가 있으니 수술은 안 하겠다고 했습니다. 이렇게 살 수 있는 것도 행복한 일이죠."

할아버지가 고개를 끄덕였다.

대단하다고 생각하면서도 마음 한구석으로는 인간이란 이런 식으로도 깨달음을 얻을 수 있는 걸까 생각했다. 어쩌랴, 그렇게 생각하는 것이 지금의 나인 것을. 수술은 안 하겠다고 했습니다. 살 수 있어서 행복합니다. 그렇게 생각하는 것이 지금의 할머니인 것을.

앞으로 어떻게 될지는 아무도 모른다. 하지만 지금 그렇게 생각하고 그렇게 살고 있는 것이 그 사람의 인격이다. 그렇다면 이 노부부는 역시 대단하다. 나는 아직 미숙하다. 아니 미숙하다기보다 아직 성장하는 중이다.

1934년생이 아직 성장중이구나, 그런 생각을 했다.

노부부는 괭이를 어깨에 걸치고 느릿느릿 돌아간다. 내

집과 밭은 나지막한 언덕 위에 있기 때문에 그 모습이 잘 보인다.

　노부부는 강의 다리를 건너면 강둑에 앉아 쉰다. 하염없이 하염없이 주위 풍경을 바라본다. 나무들을, 새들을, 꽃들을, 강줄기를 하염없이 바라본다.

영화를 보는 것이 무서웠다

영화 〈학교2〉를 보는 것이 무서웠다.

무대가 특수학교이고 '지적 장애'를 가진 학생을 그렸다
는 말을 들었다. 그런 영화는 아무리 잘 만들어도 불만이나
비판이 나올 것이 거의 확실하다. 또 그것을 너무 의식하면
겉만 번드르르한 내용으로 흐르거나 미담으로 끝나기 십상
이다.

영화가 시작되고 세상 물정에 밝은 남자 교사, 헌신적인
여자 교사, 아무것도 모르고 좌충우돌하는 신참 교사가 등
장하자 점점 더 걱정스러워졌다.

다른 사람들은 어떨지 모르지만 나는 처음에 그렇게 가

숨을 졸이며 영화를 보았다.

그러나 이 영화에는 강렬한 '장치'가 있었다. '장치'라는 말이 너무 직접적이라면 방법이라고 할 수도 있는데, 그것은 온 힘을 다해 생각하고 생각한 끝에 승화하기 직전의, 오로지 영상으로만 표현할 수 있는 인간 미학이라고 해도 좋을 투명하고 깨끗한 이미지로 우리 마음에 깊이 스며들었다.

나는 몸을 떨었다. 그것이 구체적으로 무엇인지는 앞으로 이 영화를 볼 사람들을 위해 밝히지 않겠다.

'교육'과 '장애'를 그리고 있기는 하지만, 영화는 인간 존재의 근원과 인간이 서로를 이해하는 일의 어려움, 그러나 그렇기에 여기에 도전하려는 의지의 존귀함, 상냥함 속에 있는 참된 엄격함 등을 보는 이에게 묻는다. 타인의 일이 아니라 바로 자신의 일로서……

예를 들면 이런 장면이 있다.

이 영화는 학생 고지와 유야의 우정을 중심으로 전개되는데, 취직을 위해 현장실습을 나갔다가 좌절한 고지가 류 선생님에게 하소연한다.

"나, 더 바보인 게 나았어요…… 선생님, 유야가 나보다 나아요. 자기가 바보란 걸 모르니까요."

유야는 중증 정신지체 장애를 가진 아이다.

류 선생님은 당황해서 말한다.

"그렇지 않아. 절대로 그렇지 않아. 유야의 눈을 봐. 그 아이는 미처 말이 되지 않은 말로 슬픔을 호소하고 분노를 표현하고 있어. 그 아이가 바보라니, 고지, 그건 유야를 모욕하는 말이야……"

순간 고지는 책상에 머리를 찧고 몸부림치며 자기가 내뱉은 말 때문에 괴로워한다.

이 장면에서 나는 흐르는 눈물을 멈출 수가 없었다. 고지는 나 자신이었다. 아무것도 모르는 아이들이라고 얕잡아보고, 노망이 나 아무것도 모른다고 노인을 모욕하고, 그렇게 생명에 높낮이를 매겨온 내가 지금, 류 선생님에게 꾸중을 듣고 있었다.

나는 과연 고지처럼 고통에 몸부림치며 지내왔을까.

내 눈물은 자신에 대한 후회의 눈물이기도 했다.

그렇게 마치 내 일인 듯, 나는 이 영화에 빠져들었다.

누구나 경험하겠지만 재미있고 감동적인 책을 읽다 보면 벌써 끝이라니, 하고 페이지를 넘기는 것이 아까워서 견딜 수 없을 때가 있다.

이 영화가 바로 그랬다.

고지가, 유야가, 류 선생님이, 레이코 선생님이, 고바 선생님이, 모든 학생이, 모든 선생님이 사랑스럽다.

이렇게도 사랑스러운 인간이 있다니. 가슴이 벅차온다. 가슴이 뜨거워진다.

당신들과 헤어지고 싶지 않아. 그런 생각으로 나는 엔딩 크레딧을 읽고 있었다.

영상예술이든 문학이든 훌륭한 작품은 인간에게 용기를 준다.

이 영화는 수많은 사람에게 용기를 줄 것이다. 인생이 무엇일까 생각하는 사람에게, 나는 대체 살 가치가 있는 인간일까 고민하는 사람에게, 현재의 자기 일에 대해 깊이 고민하고 있는 사람에게.

류 선생님은 말한다.

"방금 말씀하신 대로 금세 싫증을 내거나 다른 사람과 사귀는 것이 서투르거나 하는 결점이 있는 아이일 수는 있습니다. 하지만 그 정도 결점은 사람이라면 누구나 갖고 있는 것 아닌가요? 부디 일주일 만에 결론을 내지 마시고 좀 더 길게 봐주시면 안 되겠습니까? 저 아이는 틀림없이 달라질 겁니다."

"뭔가를 주거나 가르치거나 하는 게 아니에요, 고바 선생. 아이들에게 배워서 그걸 되돌려주는 것, 그것이 우리가 하는 일이에요."

사람은 누구나 배움으로써 변화할 수 있다. 당신도, 나도. 이 영화에서 그런 목소리가 들려온다.

버드나무의 나라

사람과 사람의 관계에서도 가치관이 다르면 서로 이해하는 데에 시간이 걸린다.

나라와 나라의 관계는 어떨까.

일본에 전쟁 책임을 묻고 평화 문제를 생각하는 젊은이들의 운동단체 피스보트의 뱃길 안내인 자격으로 북한―정확하게는 조선민주주의인민공화국―을 다녀왔다.

수해 때문에 굶어 죽는 사람이 백만, 이백만에 이를 것이라는 보도가 있었지만, 이는 실태와 너무나도 동떨어진 것이다.

노동당의 주요 인사, 시민, 학생 들을 만나 여러 가지를 물어보았다. 분명 피해가 컸고 피해액도 1996년 8월 16일 현재 십칠억 달러에 이르며, 식량이 상당히 모자라는 것도 사실이었지만, 형편이 더 어려운 곳에 식량을 먼저 보내며 그곳 사람들이 말하는 '고난의 행군' 정신으로 어려움을 극복하고 있었다.

수도 평양에서 원산까지, 반도를 서에서 동으로 거의 횡단했는데, 산자락까지 이어지는 논과 밭은 경작 상태가 좋아서 재해가 거짓말 같았다.

사회주의의 기본은 거의 달성되었다고 보면 된다. 주택, 교육, 의료는 무료이다.

고층 건물과 녹지가 훌륭한 균형을 이루고 있어 이것만 놓고 보면 세계적으로 보기 드문 주택정책의 우등생이라 할 수 있을 것이었다.

우리 눈으로 보면 물론 소비물자가 충분하다고 할 수는 없지만, 물질이 넘쳐나고 정신이 황폐한 일본의 실정을 생각하면 어느 쪽이 더 행복한지 고개를 갸웃거릴 수밖에 없다.

여러 곳을 둘러보고 공부했다. 배움을 얻은 곳도 있고 그렇지 못한 곳도 물론 있다. 그러나 그것은 어떤 나라든 마찬가지이리라.

잘못된 보도, 상대방의 말을 들으려 하지 않는 일방적인 보도 때문에 일본인은 공화국에 지나치게 어두운 인상을 갖고 있는데, 이것은 우리의 불행이라고 생각한다.

나는 양국이 서로에게 배우는 관계가 될 수 있다고 생각하지만 그러려면 먼저 '종군 위안부' 문제를 비롯한 과거 문제를 제대로 해결해야 할 것이다.

작별파티 때 다무라 료코 선수를 이기고 금메달을 차지한 계순희 선수가 특별히 와주었다.

"당신은 어떤 남성을 좋아합니까?"

"저는 아직 어린아이라 그런 건 생각해보지 않았습니다."

이런 대화에 절로 미소가 지어졌다.

웅변부 시절

초등학교에서 대학교까지 그럭저럭 학교를 다니기는 했지만 상황은 비참하기 짝이 없었다. 전쟁, 집단 대피, 기아, 빈곤. 내가 겪은 인생의 고난 대부분이 그 시기에 집중되어 있었기 때문에 그저 지긋지긋하다고 생각하며 살았다.

그나마 고교 시절이 나았는데, 그렇게 생각되는 건 교사가 좋았기 때문이다. 야간고등학교를 다녔는데, 공부를 하는 곳이라기보다 인생의 고달픔을 나누는 곳 같은 분위기였다.

교사들도 그런 분위기를 잘 이해해주었다. 당시 나는 낮에는 조선소에서 전기 용접공으로 일하면서 밤에 학교를 다니고 있었다. 문학과 사회과학에 물든 시건방진 학생이었다.

고교 시절 무엇에 몰두해 있었냐고 묻는다면, 마음 같아서는 '살아가는 일'이라고 대답하고 싶지만 그건 아무래도 낯간지럽다.

솔직히 말하면 연애일까.

반에 여학생이 두 명뿐이었는데, 나는 그중 한 아이를 좋아했다. 부모님을 잃고 할머니와 함께 살면서 낮 동안 전화교환수로 일하던 아이였다. 그 어려운 환경 속에서도 나는 낭만 같은 것을 품었던 듯싶다. 그런 게 젊음인지도 모른다.

다행히 그 친구도 나를 좋아해서, 연애는 고등학교 1학년부터 대학교 2학년까지 이어졌다. 결국 헤어지긴 했지만—내 수면제 중독 때문으로, 그 친구에게는 아무 잘못이 없다—내 고교 시절의 모든 활동의 원동력은 그 연애에서 나왔다는 기분이 강하게 든다.

그런데 마침 1학년 때 '학생 신분으로 연애를 하는 것은 옳은가 그른가'를 주제로 교내 웅변대회가 열렸고 나는 반 대표로 나갔다. 학생들에게 인기 있던 그 대회에서 나는 꽤 좋은 평가를 받았는데, 아마 당시에 실제로 연애를 하면서 느낀 것들이 담겨 있었기 때문이리라.

요즘도 그런 주제가 학생들에게 화제가 될까. 그렇다면 어떤 연애든 좋은 것이라고 말해주고 싶다.

어두운 불꽃과 같은 성욕까지 포함해서, 연애만큼 나라는 인간과 정면으로 마주하고, 이성, 나아가 나 아닌 타인과의 관계를 생각하게 하는 세계도 없지 않을까. 지적 성숙도 거기에서 생겨나는 것이다.

나는 고등학교 때 웅변부에 들어갔는데, 그것은 실수였다. 당시의 고등학교 웅변부는 케케묵은 구식 웅변술이 지배하고 있었기 때문에, 문학과 사회과학을 공부하던 나와는 도무지 맞지 않았다.

우리 웅변부에는 실력은 좋지만 경박한 녀석이 있었는데—지금까지도 녀석과 친구라는 사실에 짜증이 나지만—녀석은 전국 우승을 차지하기도 했다. 나는 웅변부 분위기를 거스르고 교내 시국 비판 웅변대회를 기획하고 실행에 옮겼다.

그 일은 교사들 사이에 화제가 되었고, 교직원회의에서 격론이 벌어지기에 이르렀다. 당시 교장은 그야말로 배짱이 두둑한 사람이었다. "내가 책임지겠습니다. 학생들이 하고 싶은 대로 하게 해주세요." 교장의 그 한마디로 논쟁은 정리되었다.

교장을 지지하는 선생님들도 많았다. 당시 교사들은 학생에 대한 믿음이 있었던 것 같다.

지금도 그 당시 교사였던 분들과 친하게 지내는데, 나 같은 사고뭉치를 용케 지켜봐 주셨구나, 가슴 깊이 생각한다.

〈기린〉에 걸었던 청춘

전후 간사이°에서 발행되었던 어린이시 잡지 〈기린〉은 오랜 세월 아이들과 교사들의 둘도 없는 친구이자 정신적 지주였다.

〈기린〉에는 유연하고 자유로운 아이들의 표현을 통해 교육의 본질에 다가가려는 교사들의 열기가 가득 넘쳤다.

나도 〈기린〉 덕분에 성장한 교사 가운데 한 사람이다.

〈기린〉은 다케나카 이쿠, 사카모토 료, 아다치 겐이치 들이 주관하는 잡지로, 실무를 맡은 이는 호시 요시로, 우키

• 일본의 오사카, 교토, 고베 등의 지역을 이른다.

타 요조라는 두 청년이었다.

어느 시대건 진정한 문화활동은 융숭한 대접을 받지 못하곤 한다. 예외 없이 〈기린〉의 살림살이도 더 없이 빈궁해서, 호시 요시로 씨와 우키타 요조 씨도 날이면 날마다 다시마 반찬으로 끼니를 때웠다.

호시 요시로 씨는 오사카를 맡고 우키타 요조 씨는 고베를 맡았기 때문에, 당시 고베의 초등학교에 근무하던 나는 우키타 요조 씨와 만나는 일이 많았다.

우키타 요조 씨는 〈기린〉을 편집하고 판매하는 한편 구타이 미술협회*에 소속된 화가로서, 현대미술 작업에 몰두하고 있었다.

대학 시절 사회과학 등을 공부한 탓에 모든 것을 정치적으로 파악하는 경향이 강했던 나는 우키타 요조 씨로부터 '인간을 바라본다'는 가장 기본적인 관점을 배웠다. "내가 문학을 하는 것은 현대사회의 위기적 상황을 명백히 하고 싶기 때문입니다" 따위의 경직된 말을 해도 우키타 요조 씨는 전혀 비웃거나 하지 않고 이렇게 말하곤 했다. "겐지

---

* 일본 추상미술의 선구자 요시하라 지로를 중심으로 1954년에 결성된 전위미술 단체.

로 씨, 먼저 인간을 써야 해요."

지금 생각하면 너무나 당연한 말인데도 나는 그런 말 하나하나에 충격을 받았다. 입장을 바꾸어 당시의 나 같은 그런 피곤한 인간을 지금 내가 감당할 수 있을까 생각하면, 자신이 없다.

호시 요시로 씨도 우키타 요조 씨도, 인간에 대해 매우 엄격한 눈을 가지고 있었지만 실제로 사람을 대할 때는 그지없이 상냥하기만 했던 것 같다.

요즘은 그런 사람을 찾아보기가 힘들다. 방황하던 시절, 나는 호시 요시로 씨에게 큰 신세를 졌는데, 그 일은《내가 만난 아이들》에 썼으므로 여기서는 언급하지 않겠다.

우키타 요조 씨와는 자주 〈기린〉을 팔러 다녔다. 나는 아이들이 집으로 돌아가고 나면 학교에 있는 게 싫어서 어떻게든 농땡이 부릴 궁리를 하는 불량 교사였다. 그런 나에게 요조 씨와 〈기린〉을 팔러 가는 것은 놀이나 다름없었다.

교직원회의가 있는 날에는 회의가 시작되는 시간에 맞추어 연기를 해달라고 부탁하기도 했다.

"하이타니 겐지로 씨 계십니까?"

"네, 네. 있습니다. 여기 있습니다."

나는 잽싸게 뛰어나갔다.

그 대신, 이렇게 말하면 좀 이상하지만, 요조 씨한테는 꽤나 돈을 뜯겼다.

요조 씨는 발로 차지 않으면 절대로 문이 열리지 않는 고물 차를 타고 와서는 이렇게 말하곤 했다.

"차가 또 배가 고프다네요."

그 무렵은 나도 몹시 가난했지만 있는 돈을 탈탈 털어 차에 기름을 채워주고, 인간인 나는 간이식당에서 끼니를 때웠다. 학교를 그만둔 뒤로는 내가 요조 씨한테 꽤나 신세를 졌으니 피장파장인 셈이다.

우키타 요조 씨는 어떤 교사 앞에서도 기죽지 않았다. 그런 그를 어떤 교사는 존경했고, 어떤 교사는 거만한 인간이라며 욕했다.

아이들을 좋아했던 요조 씨는 찾아간 학교의 아이들과 곧잘 공놀이를 했다. 아이들한테 인기가 있었다.

지금 생각해보면 〈기린〉이 끝까지 빛바래지 않을 수 있었던 것은, 아이들을 사랑하고 교사들을 엄격한 눈으로 바라보았기 때문이다.

요조 씨는 여전히 건재하지만 그 시절의 요조 씨는 이제 없다. 그런 멋진 인간상의 존재를 허락하지 않았기에 오늘날 일본 문화와 교육이 황폐해졌다고 말하면 지나친 과장일까.

아다치 겐이치 씨는 1981년 12월에 간행된 〈나는 교실〉*
에 '〈기린〉의 행방'이라는 제목의 글을 한 편 실었다.

그 글에서 그는 《있잖아요, 1학년 1반 선생님》이라는 책
등을 언급하며 〈기린〉은 종간되었지만 〈기린〉의 정신은 계
승되고 되살아나고 있다고 했다.

어느 시대에도 볕이 들지 않는 곳에서 열심히 사는 청춘
이 있고, 그것은 언뜻 죽어버린 듯 보여도 어딘가에서 여전
히 힘차게 살아가고 있는 것이다.

• 일본의 어린이 문학 잡지.

〈기린〉이라는 스승

〈기린〉은 간사이 지방에서 출판되던 어린이시 잡지이다. 나중에는 도쿄의 리론 샤로 출판사가 바뀌었다.

초기에는 이노우에 야스시가 관여했고, 끝까지 함께 한 것은 다케나카 이구, 사카모토 료, 아다치 켄이치이다. 모두 시인이었다는 것이 공통점이다.

예술가가 주관하고 교사가 뒷받침했다는 것도 재미있다.

실무는 호시 요시로와 우키타 요조가 맡았다. 이 두 사람은 〈기린〉의 숨은 일꾼 같은 존재로, 두 사람이 없는 〈기린〉은 생각할 수 없다.

나는 이 두 사람에게 큰 영향을 받았다.

둘은 항상 가난했다. 양심적인 출판인은 그런 것인지 모르지만 아무튼 용케 견뎌냈다고 진심으로 경의를 표한다. 두 사람은 가난했지만 절대로 남에게 굽실거리지 않았다.

이런 일이 있었다. 우키타 요조 씨와 내가 한 학교에 〈기린〉을 읽어보라고 권유하러 갔다. 팔러 갔다고 해야 할지도 모르지만 둘 다 물건을 판다는 의식은 없었다.

하필이면 안면이 있는 교사가 자리를 비워, 우리는 잡상인으로 오해를 받았다.

그 학교 교감이 말했다.

"시 잡지? 지금 바쁘니까 방과 후에 와요."

요조 씨가 나한테 눈짓을 보냈다. 뭔가 시작하려나 보다, 하고 나는 생각했다. 아니나 다를까 요조 씨가 말을 꺼냈다.

"시 잡지를 들고 오긴 했지만, 사실 저는 NHK에서 왔습니다. 이 학교 아이들의 시를 방송에 내보낼까 하고 찾아왔는데……"

교감은 당황했다.

"실례했습니다. 자, 어서 들어오시죠."

〈기린〉을 소개하러 오면 '좀 기다려요'이고 NHK에서 오면 '어서 들어오시죠'가 되는 것이리라.

교장실에 안내되고 홍차와 케이크를 대접받았다. 요조

씨는 케이크를 와구와구 먹었다.

요조 씨가 교장이 내민 문집을 펴서 팔랑팔랑 페이지를 넘겼다.

"다른 건 없습니까?"

"좋은 작품이 없나요?"

"뭐 고만고만한 시는 있는 것 같으니까 일단 맡아두겠습니다. 이런 일도 있을 것 같아서 〈기린〉을 가져온 건데……"

"알겠습니다. 알겠습니다."

교문을 나서자 나는 식은땀을 닦았다.

"장난이 지나쳤어요." 하고 내가 말하자, 요조 씨가 "농담 말아요, 장난친 건 저쪽이에요." 하고 따끔하게 말했다.

요조 씨는 사물의 본질을 보려 하지 않는 사람에게는 엄격했다.

그리고 그런 사람을 재치로 눌러 버리니 멋지다는 말밖에 달리 할 말이 없다.

〈기린〉에는 항상 아이들의 그림 몇 점도 실렸다. 당시에는 드물었던 모던아트 작품이었는데, 교사들은 이를 잘 이해하지 못했다. 글짓기 교육을 열심히 하는 교사들이 노조 활동도 열심히 하던 시절이었다.

"이런 뭐가 뭔지 알 수 없는 그림을 그리게 하는 게 어떤 교육적 가치가 있습니까?"

요조 씨가 느릿느릿 대답했다.

"지금, 어린이 모던아트가 소련에서 크게 유행하고 있습니다."

물론 아무렇게나 지어낸 말이었다.

당시 소련과 중국은 사회주의의 모범이었으므로, 사회주의를 신봉하는 교사는 더 반박할 말이 없다. 요조 씨는 그런 계산을 하고 말한 것이다.

그는 천박한 교사를 훤히 꿰뚫어보았다. 굽실거릴 필요 따위 눈곱만큼도 없었다고 할 수 있다.

그런 태도는 호시 요시로 씨도 마찬가지였다. 그는 교사의 교조주의와 사상에 대한 무비판적인 추종을 그때그때 지적했다.

"그러니까 교육이 글러먹은 거라고요."

나에게도 가끔 그렇게 말하곤 했는데, 그 글러먹은 것이 구체적이라 한층 더 와 닿았다.

그런 엄격한 두 사람이 겐지로 씨, 잘했어요, 잘했어, 하고 칭찬해준 사건과 작품이 있다.

역시 〈기린〉과 관계된 이야기다.

〈기린〉100부를 받아보는 한 부속초등학교가 있었다. 어느 날 배달을 갔더니 이제는 필요 없다고 했다. 이유를 물어보니, 지난 호에 방귀에 대한 시가 두 편이나 실려 있었다며, 그런 시는 곤란하다는 것이었다. 교육적이지 않다고도 했다.

100부를 그대로 들고 돌아오기는 했지만 화가 가라앉지 않았다.

"망할 할망구!"

비속한 말로 욕을 했더니 교실에서 청소를 하던 고잔 요시코가 물었다.

"선생님, 왜 화 났어요?"

내가 까닭을 이야기하자 요시코가 말했다.

"선생님, 그런 일로 화내지 마세요. 내일 내가 좋은 시를 써올게요."

다음 날 그 아이는 정말로 시를 써왔다.

방귀

내가 어른이라면
간호사가 되어

방귀만 뀌겠습니다
환자를 진찰할 때도
방귀를 뀌겠습니다
환자가 꾹 참고 있으면
자꾸자꾸
방귀를 뀌겠습니다
결혼해서도 방귀를 뀌겠습니다
내가 낳은 아이한테도
방귀를 뀌게 하겠습니다
기쁠 때도
방귀를 뀌겠습니다
좋은 일이 있을 때도
방귀를 뀌어 축하하겠습니다
내가 좋은 일을 하고 죽으면
모두들 무덤에 와서
칭찬해주겠지요
그때도
방귀를 뀌어서
사람들을 놀래주겠습니다
하느님이 화를 내도

뿡뿡 방귀를 뀌어서

얼렁뚱땅 넘어가겠습니다

— 3학년 고잔 요시코

호시 요시로 씨와 우키타 요조 씨가 배를 잡고 웃었다.
그리고 말했다.

"겐지로 씨, 이거야, 이거. 이거야말로 〈기린〉의 정신이
라고."

옮긴이 햇살과나무꾼

동화를 사랑하는 사람들이 모여 만든 곳으로, 세계 곳곳에 묻혀 있는 좋은 작품들을 찾아 우리말로 소개하고 어린이의 정신에 지식의 씨앗을 뿌리는 책을 집필하는 어린이책 전문기획실이다. 《내가 만난 아이들》《모래밭 아이들》《소녀의 마음》《선생님, 내 부하 해》《하늘의 눈동자》 같은 하이타니 겐지로 선생님의 주옥같은 작품들을 옮겼으며, 그 밖에 《침묵의 카드 게임》《열일곱 살 아빠》《그리운 메이 아줌마》《위터십다운의 열한 마리 토끼》《내가 나인 것》 들을 우리말로 옮겼다. 지은 책으로는 《위대한 발명품이 나를 울려요》《세상을 바꾼 말 한 마디》《석기 시대로 떨어진 아이들》 들이 있다.

하이타니 겐지로의 생각들

1판 1쇄 발행 2016년 11월 7일 | 1판 2쇄 발행 2017년 6월 8일

지은이 하이타니 겐지로 | 옮긴이 햇살과나무꾼
펴낸이 조재은 | 펴낸곳 (주)양철북출판사
등록 제25100-2002-380호(2001년 11월 21일)
책임편집 조연주 | 편집 박선주 김명옥 | 디자인 육수정 | 마케팅 조희정 | 관리 정영주
주소 서울시 마포구 양화로8길 17-9 | 전화 02-335-6407 | 팩스 0505-335-6408
ISBN 978-89-6372-219-1 03830 | 값 12,000원

카페 cafe.daum.net/tindrum 블로그 blog.naver.com/tin_drum
페이스북 facebook.com/tindrum2001